ベリーズ文庫

王太子の揺るぎなき独占愛

惣領莉沙

STARTS
スターツ出版株式会社

目次

第一章　王家の森

昨夜降った雨のせいか、森の中はしっとりと濡《ぬ》れ、空気は澄んでいた。

サヤ＝ルブランは、背中の真ん中辺りまで伸びたピンクブロンドの髪を揺らし、木々の合間を揺れる日差しを楽しみながら、森の奥へと入っていく。幾分肌寒さを覚える秋の早朝は、まだ目覚めきっていない体がすっきりとし、その日一日を頑張ろうと思える心地よい時間だ。

はっきりとした大きな瞳はキラキラ輝き、磁器のようになめらかな白い肌はほんのり赤味を帯びて魅力的。ほどよい厚みのある唇から漏れるかわいらしい声は弾んでいる。

「雨が降ったおかげでみんな生き生きしてるわね」

手をかけて育てられている木々や草花であふれた辺りの美しさに心躍らせたサヤはその場でくるくると回り、笑みを漏らした。

この森は、『王家《おうけ》の森《もり》』と呼ばれ、ここ『ファウル王国』の王族でも許された者しか立ち入ることができない特別な森だ。筆頭公爵家である『ルブラン家』が王家からの命を受け、厳重に管理している。王家の森を管理するのは女性で、男性は騎士団に入って王族の警護にあたることが決められている。

そのため、ルブラン家の女性はみな、王族それぞれの体質や食の好みなどを頭に入れ、体調を崩したときに最も効果が期待される薬草や野菜、果物などを用意できるように育てられる。

物心がつくころから王家の森に連れてこられ、広い森の位置関係や生息している動植物についての教育が始められる。それはルブラン家の者に与えられた運命ともいえ、拒むことはできない。

ルブラン家の末端の家に生まれたサヤもその例外ではなく、森に関するあらゆる知識を詰め込まれてきたが、彼女が十歳になるころには大人顔負けの知識を得ていた。今では、横断するには馬の脚でも四半日近くかかるほど広い森のどこになにがあるのかを記憶し、薬草の収穫時期や効能はもちろん、生育具合を常に頭に入れている。けれど、十八歳になる今日まで森のこと以外興味を持つことなく成長した彼女が他の世界で生きることに不安を感じているのも確かで、これからもずっと、両親と共に森の管理をしながら過ごしたいと願っている。

そして、ルブラン家にはもうひとつ重要な役割がある。それは、王太子は二十五歳になる年に結婚するという慣例があるのだが、王太子妃はルブラン家の女性の中から召し上げられるというものだ。

といってもサヤは、それは自分には関係のないことだと思っている。なぜなら、これまで王太子妃にはルブラン家の中でも本家に生まれた女性が選ばれていて、現在の王妃もルブラン家の本家出身の美女だからだ。

サヤの父親は、ルブラン家の本家の生まれでもなければ、体が弱くて騎士にもなれなかった、王家の森の管理者だ。人柄はいいが、いわゆる出世の道からは大きく離れている。加えて、母親は城下の出身。貴族と平民との結婚が禁止されているわけではないが、いずれ国母になる女性が平民の血を引いていたことはこれまでなかった。

あらゆる状況を考えれば、サヤが現王太子の結婚相手に選ばれる可能性はほぼゼロだ。しかし、サヤはそれを残念だとは思っていない。

サヤの両親も、サヤを王妃にと願ったことはなく、つつがなく健康で暮らせればそれでいいと考えている。

そんな両親からのたくさんの愛情と、森で過ごす優しい時間に育てられたサヤは、おとなしいながらも朗らかで明るい女性に育った。戸外で体を動かすことが多く、体も引き締まり健康的だ。王族からも好かれていて、病気になれば薬草を届けてくれるサヤを待ちわびる者も多い。

本来は王族専属医師の指示に従い薬草を調合するのだが、医師よりも知識が深い彼女は医師から薬草の選択を一任されることも多く、そのときには自ら城に出向き、城内で薬を調合することもある。

最近では王太子のレオンが剣の訓練中に腕を切り、消毒効果のある薬草を城に届けた。腕を切ったといってもほんのかすり傷。王太子でなければ呼び出されることもない程度の傷だが、用心には用心を、ということで治療を任されたのだ。

「そうそう、これよ」

森の奥に流れる川に沿って歩いていたサヤは、彼女の膝辺りの高さの薬草に気づき、しゃがみ込んだ。

ファウル王国で古くから使われているその薬草は『リュンヌ』といい、王家の森でのみ生えているものだ。

楕円形《だえんけい》の大きな葉をクシャリとつぶして傷口に当てれば、菌が侵入するのを防ぎ、腫れを抑える。消炎効果もあり、痛みもおさまるという万能の薬草だ。煎じて飲めば頭痛にも効果があって、女性たちからの需要も多い。

そのため、王族専属の医師だけでなく城下の医師もリュンヌを処方することが多く、サヤはいつもその在庫量に気を配っている。

「寒くなる前に全部収穫しておかなきゃね」

先端に広がる白く小さな花が風に揺れる姿はかわいらしく、つい口元をほころばせてしまう。

王家の森に初めて連れてこられた日のことはあまりにも幼かったせいで記憶にないが、初めて名前を教えられた薬草がリュンヌだったことはよく覚えている。

『これは特別な薬草なの。だから、森のどこに育っているのか、そしてちゃんと育っているのかどうか、いつも気にかけて、確かめなきゃいけないのよ』

サヤの母親は、サヤと目線を合わせるように腰を下ろし、まだまだ幼い彼女に言い聞かせた。

当時はその言葉を理解できなかったが、リュンヌの需要の多さを知った今では、王族や国民のためにもその生育状態に気を配らなければならないと理解している。

「レオン殿下の傷も、リュンヌのおかげですぐに治ったらしいし。やっぱり万能なのね」

王太子レオンの鍛えられた腕の筋肉を目にしたときのときめきを思い出し、サヤは頬を赤くした。

長身でたくましい体、すっきりとした輪郭と切れ長の目が印象的な整った顔。王太子という立場も加わったレオンの人気はかなりのもので、国中の女性たちから熱いまなざしを向けられているといってもいいほどだ。

けれど、例えレオンが望んだとしても、ルブラン家以外の女性と結婚することは決して許されない。また、側妃を持つことも禁じられている。

どれほど好きでも、そしてどう頑張っても自分のものにはならない遠い存在。ルブラン家以外の女性がレオンに恋をしても、その思いが報われることはないのだ。

しかしそんな枷《かせ》も女性たちの恋心をさらに膨らませ、レオンの人気は年を追うごとに高まっている。

「あれだけ格好いいんだもん。気持ちがぐらりときてもおかしくないよね」

サヤも、レオンを初めて見た日から彼への恋心を抱えているのだ。

ルブラン家の娘として王族に近い立場で育ったサヤは、レオンと会う機会が何度かあった。そして、凛々《りり》しい姿と優しい笑顔に惹《ひ》かれた。

森で過ごすことを好み、社交界に顔を出すのが苦手なサヤが男性と知り合うチャンスは滅多になく、とびきり素敵なレオンに恋をするのは自然な流れだ。

そうはいってもサヤがレオンの正妃になる可能性は限りなく低く、彼女もそれを自覚している。

「ルブラン家の末端に生まれた私には縁がないわよね」

ただ、いずれ素敵な思い出になるだろう初恋を、せめて今は楽しんでいたい。

リュンヌを見つめながら、くすりと笑った。

「私は、森の中からレオン殿下をお守りしなきゃ。……でも、いつまでそれができるんだろう」

サヤはそれまでの明るい表情を消した。昨夜、父親から聞かされたことを思い出し、ずんと気持ちは落ち込む。

「こうして逃げてもどうしようもないのはわかってるんだけど……」

次第に重くなる心を切り替えるように首を横に振ると、リュンヌが順調に育っているのを確認した。そして、大きく体を伸ばした。

「私は私の仕事を頑張らなきゃ」

近くを流れる川のせせらぎにふと和み、再び森の奥へと歩を進めた。

ファウル王国は高度二千メートル以上の山々に取り囲まれ、国境付近は山脈が壁となり簡単に行き来することができない地形となっている。しかし、それは外敵の侵入を防ぐにはちょうどよく、国内は平和な日々が長く続いている。

緑豊かな山脈は治水能力も高く、農業の発展に大きく寄与している。麓から国の東西に広がる平野では野菜や果物、小麦などが作られており、鉱物や宝石などの資源も豊かで、その採掘技術の高さはかなりのものだ。

国民を思いやる優しい心と、国益を守るためには厳しい決断も辞さない強さ。その両方を兼ね備えた国王ラルフのもと、ファウル王国は長きに渡り繁栄を続けている。

国民は王家を尊重し、敬い、それぞれの仕事に誇りを持ちながら、つつがない生活を送っていた。

「今のままで十分幸せだから、放っておいてほしいのに……」

サヤはぽつりとつぶやいた。

森を歩くのにちょうどいい簡素なワンピースと歩きやすい靴。どちらも所々に土の汚れがついているが、サヤが気にすることはない。

普段から動きやすく、草花を採取するのに適当な服を着ることが多いが、気づけばここしばらく華やかな服を着ていないと思い出す。

森で過ごすことを優先し、舞踏会への招待を受けても出席することは滅多にない。キレイなドレスを身にまとい、おいしいものを食べるよりも、森の状態を確認しているほうが心が落ち着くのだ。

しかし十八歳を過ぎてからというもの、結婚の話がいくつか持ち込まれるようになった。王族に近いルブラン家との縁を結びたがる貴族はもちろん多く、サヤとの結婚を望む男性もかなりいるのだ。

しかし、王家の機密事項のいくつかを知るルブラン家の人間の結婚は、すべて国王の許可が必要で、これまではサヤの結婚が認められることはなかった。ルブラン家の誰よりも知識が豊富で森を愛しているサヤを国王は気に入っていて、簡単に手放すつもりはないのだ。

けれど、サヤも十八歳。そろそろ結婚のことも真剣に考えなければならない年齢になった。

できれば結婚しないまま、一生王家の森の管理だけをして過ごしたいと思っているが、家は弟が継ぐ予定で、いずれ近いうちにサヤの居場所はなくなるだろう。

サヤは離宮の扉を開けながら、ため息をついた。

「この離宮で暮らしたいんだけどな」

離宮は、サヤが住んでいる屋敷から半時間ほどの場所に建っている。以前は王族の勉強会などに使われていたのだが、最近では泊まり込みで王家の森の世話をする者たちが利用することが多い。

「ジークさん、こんにちは。予定より早く来てしまってすみません」

「いえ、大丈夫ですよ。お部屋の準備はできております。なにかあれば、お申しつけください」

何度も離宮に泊まったことがあるサヤは、待ち構えていた王城の執事ジークに軽く挨拶をした。五十歳を少し過ぎた彼は、王城を取り仕切っている優秀な執事だが、細身の体にぴったりとした濃紺の燕尾服《えんびふく》を着ているせいか、堅苦しい雰囲気を漂わせている。

「わかりました。ありがとうございます」

サヤは軽く頭を下げると、慣れた足取りで二階の一番奥にある部屋に入った。

いつも使っているこの部屋は南向きの窓から差し込む光のおかげで明るく、かなり広い。サヤは窓を開けて、部屋の脇にある大きなベッドに飛び込んだ。

王城から定期的に寄越される侍女たちが離宮の管理を行っているおかげで、ベッドも整えられている。サヤは顔を埋めたまま深呼吸した。

「石鹸《せっけん》のいい匂い……。いつもありがたいわ」

もう少しすれば、城からシェフがやってきておいしい食事を用意してくれるはずだ。

今回は、森が冬を迎える前に済ませておかなければならないことを片づけようとやってきた。予定では一週間ほど泊まるつもりだ。

サヤはベッドの上でゆっくりと仰向けに転がった。

この離宮に泊まることが誰よりも多いサヤ専用ともいえる部屋の中には、サヤの洋服やお気に入りの本、そして森での仕事に必要な道具がいくつも置かれている。

長い間過ごしているせいか、サヤはここを第二の我が家のように感じていた。

「やっぱり、ここで暮らしたいな」

見慣れた天井の模様を見ながら、サヤは低い声でつぶやいた。

「ダメダメ、私が落ち込んでたら、森の命も力を落としちゃう。せっかく天気もいいし、頑張ろう」

サヤは力強く起き上がり勢いよくベッドから降りると、慣れた手つきでクローゼットからいくつかの洋服を取り出した。森での仕事がしやすい服に着替えるのだ。

足元がきゅっと絞られた柔らかい生地のズボンと、胸元の飾りボタンがかわいいシャツ。そして鮮やかな青に染められた糸で編まれたカーディガン。いつもの服装に着替えれば、気持ちも浮上するはずだ。

ワンピースを脱ごうと腰のリボンに手を当てたとき、部屋の外から騒がしい音が聞こえた。

「お待ちください。サヤ様にはなにもお伝えしておりません。殿下っ」

ひとりではなさそうな靴の音が響き、その音は次第にサヤの部屋に近づいてくる。

高い声で叫んでいるのはジークだ。いつも落ち着いている彼の焦る声に、ただごとではないものを感じたサヤは、部屋のドアをそっと引いて開けた。

「ジークさん、どうした……えっ」

ドアを開けた途端、勢いよく誰かが飛び込んできた。

「きゃあっ」

突然のことに驚き、バランスを崩し後ろに倒れそうになった。

「悪い。大丈夫か？」

床に尻もちをつきそうになったサヤを、力強い腕が伸びて支えた。なにが起こったのかと視線を上げると……。

「どこも痛まないか？」

「あ、あの……」

思いがけない人の姿が目の前にあり、サヤは言葉を失った。

「お前が来る予定だと聞いて立ち寄ったんだが。驚かせて悪かった」

「だ……大丈夫です。あの、レオン殿下……？」

部屋に飛び込んできたのは、王太子レオンだった。支えるようにサヤの背中に手を回し、もう一方の手で彼女の頬を撫《な》でている。

目の前にある端正な顔に、サヤの体は一気に熱を帯びた。凛々しく意志が強そうな目で見つめられ、息が止まりそうになる。鍛えられた筋肉質の体に包まれれば、身動きひとつできない。

滅多に会うことのない、王太子殿下。体温を感じるほど近づいたことなど、もちろんない。気が遠くなりそうなほどの驚きに、これは夢かもしれないと思いながらも、夢ならもうしばらくこのままでいたいと、まばたきすら忘れてレオンを見つめた。

「サヤのまつ毛、長いな」

サヤを見つめ返しながら、レオンは体勢を整えた。彼女の両腕をつかみ、しっかりと立たせると顔をのぞき込む。

「それに、よく見れば俺と同じ薄いブルーの瞳なんだな」

腰を落とし、うれしそうに話すレオンの顔が間近に迫ったことに動揺し、サヤの体はますます硬直した。

「レオン殿下……あの、えっと……」

不安げなサヤに、レオンは安心させるような笑顔を見せた。

「サヤがよく離宮に泊まり込むと聞いていたんだが。そのときには城から警護の騎士が派遣されるだろう？　今日は俺がその警護にあたることにしたんだ」

「は……？　え、レオン殿下が警護、ですか？」

サヤの声は裏返った。

サヤだけでなく、ルブラン家の誰かが森の世話のためにこの離宮に泊まるときには、食事の用意をしてくれるシェフと数人の侍女だけでなく、周辺を警護するための騎士たちが寄越されるのだが、まさか王太子自らその任務に就くとは信じられない。

「じょ、冗談、ですよね？」

「冗談じゃないぞ。今晩は隣の部屋に控えてお前のことを守ってやる」

低く艶やかな声が部屋に響き、サヤの胸をざわつかせた。

本気で言っているとは思わないが、憧れている男性から『守ってやる』と言われて、平然としていられるわけがない。足から力が抜け、ふらりと揺れる。

「それほど驚くことでもないだろう。俺はもともと騎士団長も務めていたんだ。警護くらい余裕だ」

レオンは自慢げに胸を張った。

「なにが余裕ですか。例え以前は優秀な騎士団長だったとしても、王太子なのですよ。

警護にあたるなんてとんでもございません」

突然、部屋の入口から静かな声が聞こえた。静かだとはいっても、怒りを含んだ重々しい声に、サヤはぴくりと体を強張らせた。

「勝手に城を抜け出してこちらにいらっしゃるとは、王太子としての自覚がなさすぎます。それに、サヤ様も驚かれていますよ」

大きなため息をついたと同時に部屋に入ってきたのは、ジークだった。切れ長の目をさらに細め、レオンを睨《にら》んでいる。

「殿下、そろそろ落ち着いていただきませんと、殿下を警護している騎士や城の侍女たちが大変困っております」

畳みかけるように言葉を落とすジークに、レオンは苦笑した。

「そうだな。俺もそろそろ落ち着こうと思っているんだ」

レオンはサヤの背に置いた手を彼女の肩に回すと、そのまま引き寄せた。

「あ、あの、レオン殿下」

突然抱き寄せられ、再びバランスを崩したサヤは、勢いでレオンの胸に飛び込んだ。

城から森を抜けてここまで来たのだろう、レオンの胸からは今が盛りの金木犀《きんもくせい》の香りがした。

「俺は生まれてからずっと王太子をやってるんだ。そろそろどうするべきなのかは自分が一番わかってるさ」

サヤの目の前でつぶやくレオンの瞳が、一瞬鋭くなった。

それまでの飄々《ひょうひょう》とした物腰とは結びつかない、『王太子殿下』と呼ばれるのがふさわしい威厳を瞬時に漂わせるレオンに、サヤの心はときめく。

「サヤの警護を兼ねて、一緒に森に入る。明日からルブラン家の女性たちが何人か来るらしいが、今日のうちにやれるだけのことはやっておく。俺の警護の騎士たちも総出で済ませるぞ」

どうだいい考えだろう、とばかりに胸を張るレオンに、ジークは表情を変えないまため息を漏らした。

「サヤ様の足手まといになるだけだと思いますが。わかりました。外で待機している殿下の警護担当の騎士たちにも力仕事は手伝わせて、作業を終えてくださいませ。陛下には私から伝えておきます」

「頼むぞ。今日の公務はすべて終えているからなにもないはずだ。つまらないことで呼び戻すなとも言っておいてくれ」

「そんなこと、私の口からは申し上げられません」

「役に立たないな。じゃ、俺は楽しく森で働いているとだけ伝えてくれ。それだけで陛下が俺の邪魔をすることはないはずだ」

「承知いたしました。レオン殿下の未来のために、ここは静かに見守ってくださるよう、お伝えしておきます」

「ああ。頼むぞ」

呆《あき》れた顔を見せるジークを無視し、レオンは明るい表情でうなずいた。

ふたりのやりとりを見ていたサヤには、なんの話をしているのかよくわからない。ただ、森の仕事に王太子を連れ出すわけにはいかないことだけは確かだ。

「あの、殿下」

自分ひとりで大丈夫だと言おうと口を開いた途端、レオンの手のひらがサヤの口をふさいだ。

「なにも言うな。俺だって王族のひとりだ。王家の森についての知識は深いぞ。ルブラン家の女性には負けるが、そこそこの働きはするから期待しろ」

ジークに向けていた声とは違う、甘くささやくような声が耳元で響き、サヤの顔がかっと赤くなる。

レオンが森のことに詳しいとは聞いているが、それでもやはり、樹木を固定するために縄を張ったり、倒木に育っている苔《こけ》の状態を確認したりという仕事をさせるわけにはいかない。

「やっぱり、王太子が森の仕事をするのは納得できないか？」

サヤの目からなにかを感じたのか、レオンが苦笑した。

サヤはコクコクとうなずいた。

「頑固だな。というか、仕事に対して真面目だな。そこがいいところだが、今回は俺も一緒に働く。冬も近いし、できることは早めに済ませておこう」

サヤに言い聞かせるようにそう言って、レオンは再びジークに顔を向けた。

「とりあえず腹が空いたから、サンドイッチでも作ってくれと料理長に言ってくれ」

「はいはい。承知いたしました。騎士たちの分も用意させますので、しばらくお待ちください」

ジークはあきらめたように肩をすくめ、部屋を出ようとしたが、ふとなにかを思い出したように振り返った。

「サヤ様、申し訳ありませんが、レオン殿下のことをよろしくお願いいたします」

「あ、あの、ですが……」

サヤは思わず後ずさった。

それをレオンの手がぐっと引き戻す。笑みを浮かべ、じっとサヤを見ている。

「では、料理長に伝えてまいりますので。サヤ様、よろしくお願いいたします」

サヤは深々と頭を下げるジークにかける言葉も見つからず、呆然《ぼうぜん》とその背中を見送った。

なぜこんなことになったのだろう。

森の冬支度は、毎年行う定例的な仕事で、明日以降ルブラン家の女性がかわるがわるやってきて、一週間ほどで作業を終える予定だ。合間に騎士たちも派遣され、女性たちの指示のもと、力仕事を行う。森の内情をルブラン家以外の者に知られるわけにはいかないことから、派遣される騎士たちはルブラン家出身の者だけに限定される。決して簡単な仕事ではなく、時には木を伐採することもある。それを王太子であるレオンが手伝うなど、あり得ない。

「レオン殿下、あの、おケガをされたら大変です。ルブラン家の者で例年どおり終えますので、お城にお戻りください」

サヤは背中に感じるレオンの手の温かさを意識しないよう気をつけながら頭を下げた。

例え気まぐれでレオンがこの離宮に来たのだとしても、これほど近い距離で言葉を交わせばやはりうれしい。その思いが顔に出ていないかと、そっとうつむいた。

するとレオンは腰を下げ、サヤの顔をのぞき込んだ。

「サヤが森を気に入っているように、俺だって森に癒されながら育ってきたんだ。季節ごとに表情を変える木々や花を愛でながら昼寝もしたし、川で泳いだり魚を釣ったこともある」

「はい……。森で過ごされている殿下を何度かお見かけしました」

サヤはそのときのことを思い出す。

それは、彼女が王家の森の世話を続けたい理由のひとつでもあるのだ。

公務をこなしているときとは違い、気持ちを解放して森での時間を楽しむレオンはとても魅力的だった。けれど、たまたま森でレオンの姿を見かけても、気軽に声をかけられる相手ではない。サヤは遠目からそっと見つめ、レオンの邪魔をしないようにその場を離れることにしていた。

ほんのわずかな時間。けれど、決して近づくことのできない王太子を見つめることができる極上の時間だ。

サヤにとって王家の森は、そんなレオンへの思いを温めることができる大切な場所。

やはり結婚して他国に嫁ぐなんてできないと、改めて感じた。

「王家の森は、国を守る大切な場所だ。王太子である俺が世話をしてもおかしくないだろう?」

うつむくサヤの気持ちを知るはずもないレオンは、満面の笑みを浮かべた。

「はい……」

サヤはあふれる切なさを忘れるように、こくりとうなずいた。


その後、サヤは騎士たちが運び入れたわらを、順に薬草へかぶせていった。

その範囲は広く、毎年腰が痛くなるのだが、今回は騎士たちのおかげでかなり順調に進んでいる。まさか王太子と一緒に行うとは想像もしていなかったが。

王族の健康を守るために育てられている何種類もの薬草すべての冬支度を終えるまでにはまだまだ時間がかかるけれど、明日からは手慣れたルブラン家の顔ぶれがそろい、ぐんと進むだろう。

サヤは立ち上がり、体を大きく伸ばした。作業をしているうちに、朝から落ち込んでいた心が多少回復したと感じる。

「だけど、十八歳になった途端、結婚の話がたくさん持ち込まれるなんて……」

この先も王家の森で働ければそれでいいというサヤの気持ちを汲《く》むことなく、近いうちに結婚相手が決められるのだろう。

今朝、いよいよ陛下からサヤの結婚の話が出るだろうと聞いたときには、目頭が熱くなり涙がこぼれそうになった。陛下の命令であれば、拒むことはできない。両親を困らせるわけにもいかない。サヤは自分の気持ちにどう折り合いをつけていいのかわからず、森に逃げてきたのだ。

そのとき、「どうした？」という低い声が近くから響いた。

「で、殿下っ」

サヤは慌てて姿勢を正した。

「サヤ、なにか困ったことでもあったのか？」

気遣わしげにそう言うと、レオンはサヤに近づいた。

騎士たちと共に作業に参加していたレオンの顔は、ほんのり汗が浮かんでいる。

あまりにも強い視線を向けられて、サヤは戸惑う。作業しやすいようにと体にフィットしたシャツと動きやすいズボンを身に着けたレオンのたくましい体が目の前にあり、目のやり場に困ってしまう。次第に頬も熱くなり、今まで泣きそうになっていたのが嘘《うそ》のようだ。

サヤの様子にレオンはくすりと笑い、彼女の顎に手を添え顔を上げさせた。

「泣いているのか？」

「いえ、大丈夫です。ちょっと……土埃《つちぼこり》が目に入っただけです」

レオンは心配そうに眉を寄せると、顎に置いていた手をそっと動かし親指でサヤの目元をぬぐった。その指先の動きはとても柔らかく、サヤを傷つけないように注意しているのがよくわかる。

「疲れただろ？　そろそろ日も暮れるから戻ろう。湯浴《ゆあ》みの準備もできているはずだ。それに、シェフがなにか食べるものを用意しているだろう」

サヤしか目に入らないとでもいうような甘い視線と艶のある声。

サヤはなにも答えられなかった。男性と接することに慣れていないため、この場でどうするのが正解なのかわからない。レオンから視線を逸らせないまま、見つめ合う。

ふたりの間に涼しい風が吹き、そろって笑顔を浮かべる。周囲の音が遠のき、まるでふたりきりの世界にいるように自然と距離を縮めた。

遠巻きにサヤとレオンを眺めている騎士たちの存在は、ふたりの中からすっかり消えていた。

第二章　王妃の条件

ファウル王国に初雪の知らせが届くまでに、王家の森は冬支度を終えた。

多くの木々は自らの生命力により冬の寒さをしのぐが、薬草に関してはそうもいかず、今回は温室を一棟増やした。騎士たちの手にかかればあっという間に完成し、これまで冬の間の供給が追いつかなかったリュンヌも、新しい温室で今まで以上の量を育てることができる。

毎年冬になると腰が痛いと言ってはリュンヌを求める者も多く、在庫を確認しながらヒヤヒヤすることもあったが、この冬は心配しなくてよさそうだ。

サヤは城下の医院の薬品庫をチェックしながらひと息ついた。

週に二度、城下にふたつある医院を回り、薬の在庫を確認するのだが、合間に城下の人々と触れ合えるこの仕事を、サヤは楽しみにしている。

仕事を終えたサヤが医院を出たとき、母親の幼なじみであるロザリーとばったり会った。

サヤの母親、カーラは城下で育ち教師をしていたのだが、ルブラン家のダスティンに見初められ、猛烈なアピールを受けた。その熱い思いにほだされたカーラはダスティンを愛するようになり、結婚を決意したのだ。

「そういえば、サヤちゃんがそろそろ結婚するって噂《うわさ》があるけど、本当なの？　最近、サヤちゃんと結婚したいっていう貴族様とか他国の王子様から陛下に手紙がいくつも届いてるって聞いたわよ」

ロザリーが思いついたように問いかける。

「え？　いったい誰がそんなことを？」

ロザリーの言葉に、サヤは手にしていた薬袋を落としそうになった。

「食堂に来る王城の侍女たちがそんな話をよくしてるのよ。陛下宛の書面って、まずは侍女が受け取って執事さんに渡すんでしょ？　最近たくさんの国から手紙が来てるらしくて、執事で一番偉い人が『やはりサヤ様は大人気なのですね』とかなんとか言ってたらしいわよ。それってサヤちゃんと結婚したいっていうお願いの手紙でしょ？」

探るように尋ねるロザリーに、サヤは何度も首を振った。

「私にはなにも知らされてなくて。でも、そうなんだ、たくさんの手紙が……」

力ない笑顔の奥に、あふれる不安を隠した。

城下でも自分の結婚の話が出ているとは思いもしなかったが、そこまで広がっているということは、やはり陛下は私の結婚についてなにかお考えなのだろう。

「ルブラン家の娘だから、陛下がお決めになった結婚を受け入れるしかないわよね」

サヤはどうってことのないように、軽い口調を心がけた。

「もしもサヤちゃんがよその国に行っちゃったら寂しくなるわ」

ロザリーは大きなため息をひとつ吐き出した。

「ロザリーさん……」

「だけどそうだね。どんな結婚をするにしても、サヤちゃんが幸せになるように祈ってるから。例えよその国に嫁いでも、つらかったら逃げ出しちゃえばいいんだよ。まさか実家に戻るわけにはいかないから、うちでかくまってあげる」

ロザリーはきっぱりそう言うと、真面目な表情を浮かべた。

「冗談じゃないんだよ。サヤちゃんが大好きな人間は城下にたーくさんいるから。みんなで力を合わせて助けてあげる。いいね、忘れちゃダメだよ」

サヤと目を合わせ何度もうなずいたロザリーに、目の奥が熱くなる。

ロザリーさんがここまで私のことを思っていてくれたなんて……。

城下の人たちと親しくさせてもらい、今では気軽に名前を読んでもらえるようになっていても、なんとなく距離を感じていた。医師の指示に従って薬を処方する貴族の娘。生活するためにお金を稼ぐこともなく、ただ森の世話をし、王家のためにのみ動くお嬢様。そう思われているのではないかと心のどこかで考えていた。

けれど、力強い言葉で私を助けると言ってくれたロザリーさんの瞳にはなんのかげりもなく、心の底から私を心配しているのがわかる。

「あ……ありがとう。私……」

サヤの目から、ポロリと涙がこぼれた。

「私、えっと、結婚……どうなるのかわからないけど、ちゃんと幸せになれるよう……頑張ります」

手にしていた薬袋をロザリーに渡すと、手の甲で涙をぬぐった。ロザリーの言葉が呼び水となり、サヤが心の奥に隠していた不安を解放してしまったのだ。

「でも私、結婚して森を離れるのが嫌で……ずっとこのままでいたいのに……」

これまで両親にも誰にも口にすることのなかった思いは単純だ。

森から離れたくない。それは、森を愛しているという大きな理由以外にも、森にいればレオンを見かけることができるかもしれないからだ。

他のどの貴族よりも王家に近い場所にいられるとはいっても、立場はまるで違う。王太子と単なる貴族の娘。接点などないのだ。だからこそ遠くからでも見つめていられる時間はとても貴重で、手放したくないと思っている。

もしも他国へ嫁げばレオンを見つめる時間はなくなり、国内の貴族の男性と結婚したとしても、森の世話は続けられるが、これまでと同じ気持ちでレオンを見つめるわけにはいかない。例え国王の命による結婚だとしても結婚相手を裏切るような気持ちを持ち続けることはできないのだから。

どちらにしても、結婚すればレオンへの思いを封じなければならないのなら、いっそ結婚なんてしたくないと、叶《かな》わぬ願いを心に秘めていた。

許されるものではないとわかっているが、冬支度のために森でレオンと共に作業をして以来、サヤは自分の感情に折り合いがつけられず悩み続けている。

あの日、レオン殿下が森での作業を手伝ってくださったのは、単なる気まぐれ？それとも、純粋に森を愛しているがゆえの行動？

きっと、そのどちらかだろう。でも、だとすれば、彼から向けられた甘い視線や指先の優しさ、そして腰に回された腕の力強さはどう受け止めればいいのだろう。

あの日からひと月が過ぎた今でも、その答えを出せずにいる。ふとしたときにレオンの吐息を思い出して体が熱くなり、息苦しさに胸が痛む。

決して口に出すことのできない片想い。それも、身分をわきまえない身勝手な。

ひっそりと思いを昇華し、忘れなければ……。

「で、でも、私、忘れたくない。このまま、ずっと変わりたくない」

これまで我慢を重ねてきた反動か、涙が止まらずヒクヒクと肩を震わせるサヤに、ロザリーは大きな笑顔を見せた。

「なにを言ってるんだい。ずっとこのままでいられるわけがないだろ」

「……え？」

「私だって変わってるんだよ。去年よりも体重が増えたから、食堂の調理場が狭くなって困ってるんだ」

ロザリーは朗らかな笑い声をあげた。

サヤの頬にはまだ涙が残っているが、瞳にはほんのり明るさが戻り始めていた。

このところ思いつめていたサヤの感情が、ロザリーの優しさに触れてこぼれ落ちてしまったが、いったん口に出してしまえば苦しみに変わって安堵感《あんどかん》が生まれる。家族にも誰にも言えずにいた不安定な思いを、ロザリーがなんてことないように笑い飛ばしてくれたおかげだ。

「サヤちゃんの立場は特別だから、私が知らない悩みも不安もあるんだろうね。だけどさ、どんなに幸せでもどれだけ悩んでいても、それがずーっと変わらず続くことはないんだよ。いつか変化するときが来るんだ。その変化を笑って乗り越えられるように、力を蓄えておかなきゃね。結婚したってしなくたって、変わらずいられるわけないんだから」

ロザリーはそう言うと、励ますようにサヤの背中を軽く叩《たた》いた。

「サヤちゃんのお母さんに聞いてごらん。変化を怖がってちゃ幸せになれないって言うはずだから。いつも男の子にいじめられて泣いてた気弱な女の子が、ルブラン家に嫁ぐなんてかなりの変化だよ」

「……そう、ですね」

サヤは母を思い出し、苦笑する。これまでも何度かロザリーから母の子ども時代の話を聞かされたことがあるが、あまりにも今の姿と違い、信じられなくもあるのだ。

「父を叱り飛ばす母しか知らないので、未だに信じられませんけど」

「そうだよねー。今じゃ家のことを取り仕切る厳しい奥様だもんね。でも、私にとっては昔と変わらず美しくて優しい、自慢の幼なじみさ」

今でもカーラとの付き合いがあるロザリーは胸を張る。

「そういえば、最近うちの料理を食べてないだろ。ちゃんと食べなきゃダメだよ。あとでお付きの騎士様たちと一緒に食べにおいで。悩みが吹っ飛ぶほどおいしいシチューを食べさせてあげるよ」

肉がほろほろに柔らかくとろけたシチューは、ロザリーの料理の中でもサヤの大好物だ。このシチューを目当てに来る客も多く、早い時間に売り切れる人気料理。サヤも滅多に口にすることができず、悔しい思いを何度も味わってきた。

「今日はいい肉が手に入ったから、いつもより多めに作ったんだよ。サヤちゃんと騎士様たちの分もあるから、早くおいで。そして元気に笑ってお帰り」

「はい。喜んで行きます。久しぶりのシチュー、楽しみだな」

目を細めて笑うサヤの頬には赤みが戻り、乾いた涙の痕も少しずつ消えていく。

ルブラン家に生まれたばかりに、背負いたくはない苦労を背負った華奢《きゃしゃ》な女の子。

それでもその運命を受け入れ、一生懸命に森と王家のために力を尽くしている。

そんなサヤを優しく見つめるロザリーは、シチューだけでなくサヤが大好きなイチゴのゼリーも用意してあげようと、決めていた。

食べ物の力は絶大だ。ロザリーのシチューはいつもどおりのおいしさで、サヤの落ち込んだ心をすっと浮上させた。

いずれ誰かと結婚し、レオンへの恋心を封印するときが来たら、このおいしいシチューを食べて強い自分に生まれ変わろうと思った。決して涙を流さず、変化の中に幸せと希望を見つけられる強い自分。そんな自分になりたい。

「母さん、これ、ロザリーさんから」

夜、屋敷に帰ったサヤは、居間で本を読んでいた母に大きな紙袋を手渡した。

まだ温かさの残るそれには、焼き上がったばかりのパンがたくさん詰め込まれていて、部屋にはおいしそうな匂いが立ち込めた。

「まあ、ロザリーのパンね。これこれ、このクロワッサンが大好きなのよ」

中を見た途端、カーラがうれしそうな声をあげた。

色白の肌に映える金色の髪が揺れ、透き通るような青い瞳はキラキラ輝いている。小顔にバランスよく収まっている目や口はクールな印象を与えるが、笑うと途端にかわいらしくなる彼女は、サヤの自慢の母親だ。

「んー、おいしい。このクロワッサン、子どものころはロザリーのお母さんが作ってくれてね、学校帰りにいつもふたりで食べてたのよ。あのときの味と同じでうれしいわ」

「もう、話すか食べるかどっちかにしなきゃ、こぼれるわよ」

サヤは膝の上にポロポロとパンの欠片《かけら》をこぼすカーラに苦笑した。

「フフッ。だっておいしいんだもの」

「最近は母さんが顔を見せないから、ロザリーさん寂しがってたわよ」

サヤも紙袋からパンをひとつ取り、口にする。満腹になるまでシチューを味わったというのに、おいしい匂いには勝てないのだ。

「そうね、私も会いたいわ。だけど城下に下りるときって警護がつくから面倒なのよね。早起きしてこっそり行こうかしら」

自分の思いつきにニヤリと笑い、明日にでもロザリーの店に行こうと考えるカーラの明るさと行動力が、サヤはうらやましい。

人付き合いが得意でなく行動力もない私は本当に母の子どもなのだろうか。

何度も頭に浮かんだ悩みにサヤが小さく笑ったとき、部屋の外からバタバタと大きな音が聞こえた。

なんだろうとサヤとカーラが顔を見合わせたと同時に居間の扉が勢いよく開いた。そこには、顔を真っ赤にしている父、ダスティンがいた。

病弱だった子どものころの名残りで、長身ではあるが細身の体は今もはかなげな印象を与えるが、強い意志を感じさせる瞳はキリリとしていてなかなか男らしい。

「サ、サヤは帰っているか」

「父さん、ど、どうしたの」

「あなた、そんなに息を切らせるほど走ったら体に悪いっていつも言ってるのに」

両手を膝に置いて荒い息を整えるダスティンは、駆け寄ったサヤとカーラに体を支えられ、ソファに腰を下ろした。そして傍らに立つサヤの手をつかむと、苦しげな呼吸を鎮めながら口を開いた。

「サ、サヤ……、お前の」

「え？　私の？」

「そうだ、お前の結婚を、陛下がお決めになったんだ」

ダスティンはそこまでひと息で言うと、執事が急いで持ってきた水を飲み干した。

「あなた、いったいどういうこと？　え？　サヤの結婚が決まったって……」

驚いたカーラの声が部屋に響いた。

「そうだ、陛下に呼ばれて王宮に行ったんだが……そこでサヤを結婚させるとおっしゃったんだ」

「あなた、それでサヤの結婚相手って誰なの？」

カーラはダスティンの肩を何度も揺すった。

「お、おい、慌てるな……って言っても無理だな。俺もまだ信じられないんだ」

「だから、もったいぶらないで早く教えてください。サヤはこのままファウル王国にいられるんですか？　それとも他国に嫁ぐのですか？」

サヤは甲高いカーラの声を他人事のように聞いていた。

今日、ロザリーの言葉に後押しされ、どんな状況になっても、その変化を楽しみ幸せにならなければと決めたばかりなのに、やはりまだ気持ちが追いついていなかった。

陛下がお決めになったことには従うより他ない。それはよくわかっているが、まだピンとこないのだ。

そう、これは夢なのかもしれない。

まるで現実逃避をするように気持ちを落ち着かせ、続くダスティンの言葉をぼんやりと待っていると……。

「そ、それが、他国に嫁ぐよりもやっかいな……いや、光栄なお話なんだが」

ダスティンは、一度深呼吸をして気持ちを整えた。そして、覚悟を決めたようにサヤとカーラを順に見た。

「サヤ、驚くなよ。お前が次期王妃として内定した。レオン王太子殿下との結婚が決まったんだ」

「レオン殿下と……」

やっぱりこれは夢だ。

サヤはダスティンの声を頭の中で繰り返しながら、そう思った。

長きに渡って平和が続いているおかげで、ファウル王国では農業や漁業、そして採掘事業を始めとする工業にも力を注ぐことができ、年々国力が強化されている。国王は国民の幸せのための政策を推進する傍ら、他国との関係を強化するため駐在員を相互に派遣し、理解を深めようと尽力している。

『互いを知ることが、平和への第一歩だ』

変わらぬ理念のもと、周辺各国と共に平和な世を継続しようと奮闘する姿は『賢王』と呼ばれるにふさわしく、この先もその手腕を発揮してファウル王国を率いてくれるだろうと期待されていた。

そのため、国王がまだ四十八歳という若さで王位をレオン王太子に譲ることが発表された途端、国中が大騒ぎとなった。

現在二十四歳のレオンの結婚はいつになるのかと王族や貴族の間で頻繁に話が出ているこの時期に、どうして退位などするのか。誰もが戸惑っていた。

ルブラン家を始め主要貴族の家長が突然王城に集められ、ラルフ国王の退位とレオン王太子の即位が告げられたのだが、王城の広間は束の間、静まり返った。健康に問題はなく、国政も順調に進んでいる今、なぜ退位するのか誰にもわからなかった。

沈黙が流れる広間に、国王の言葉が続いた。

『レオン王太子は王位即位と同時に結婚する』

その場にいた者たちは、その言葉に表情を引き締めた。

そして、ルブラン家の女性の誰が次期王妃として選ばれるのか、その名前を待った。

そうはいっても、次期王妃として予想されるひとりの女性がいた。ルブラン家の本家に生まれ、その美貌と女性騎士としての輝かしい実績で有名なイザベラだ。

本来、ルブラン家の女性は王家の森の管理をするため、子どものころから教育されるのだが、本人の資質次第で王家を守る騎士として育てられる場合もある。逆もしかりで、病弱で騎士には不向きだったサヤの父が王家の森の管理を任されたのがいい例だ。

イザベラも生まれもっての勝気な性格と運動神経のよさが国王の目にとまり、数少ない女性騎士として訓練を続けていた。

女性王族の警護が主な仕事だが、国事の際には男性の騎士たちに交じり警護にあたる。現在はレオンの妹のジュリア王女の警護を担当していて、日々王宮に出仕している。

百七十センチという恵まれた身長と引き締まった体で剣を振る姿は男性だけでなく女性からの視線も集め、レオン王太子と並べばまるで後光が差しているかのように美しい。

しかし、王が口にした名前はイザベラではなかった。

『ルブラン家の中でも王家の森についての知識が深く、城下での働きにより国民からの人気も高いサヤを、王妃として王家に迎え入れる』

広間に響く国王の声に、静かなざわめきが広がり、貴族の並びの中でも最後尾に控えていたサヤの父に視線が集まった。

サヤの勤勉さや優しい性格はよく知られていたが、まさか彼女が王妃に選ばれるとは誰も思っていなかった――。


その後、国中に国王が退位すると知らされ、その理由に関してあらゆる憶測が飛び交い、騒がしい日々が続いた。

そんな混乱を鎮めるため、宰相を通じ、国王の言葉が発表された。

ラルフ国王を支えてきたモニカ王妃の喘息《ぜんそく》が悪化し、郊外に居を移して静養することなった。命に関わるほどでもなく薬で症状を緩和することはできるのだが、年を重ねればそれだけ体力も落ちる。その前に体を休め、体調を整えたい。それはモニカ王妃の希望というよりも、彼女を溺愛するラルフ国王の一存で決められた。

郊外でふたりの時間を楽しみ、愛し合いながら過ごしたい。

幸いなことに、王太子レオンは優秀で人望も厚い。見た目のよさも相まって、国民からの人気もかなり高い。特に女性からの注目度は、これまでのどの王にも負けていないほどだ。

現在、レオンはラルフ王が即位した年齢と同じ二十四歳で、タイミングとしてはちょうどいい。ラルフ王が挙げた退位の理由に、国民はみな脱力しながらも国王らしいと納得し、どこまで愛妻家なんだと笑い話にもなっている。

そんな中、病弱ながらも与えられた仕事を堅実に進め、王家の森を大切に管理しているサヤの父を慕う者は多く、彼の家には祝いの品が途切れることなく届いた。

そして、舞踏会など派手な場には姿を見せず、薬草の知識を生かして王家だけでなく城下の者たちの健康に気を配っているサヤも誰からも好かれていて、王の決断を批判する者はいなかった。

ただ、王家に嫁いだあとは、これまでのように城下に下りる機会は格段に減ってしまう。そのことを、子どもたちだけでなく大人までもが寂しがり、残念に思った。

一方、サヤ本人は展開の速さに焦っていた。

ルブラン家の末端に生まれた自分には関係がないと思い、王妃教育などまったく受けてこなかった自分がうまくやれるわけがない。王族の健康管理はできても、礼儀作法は知らず、王家の歴史はちんぷんかんぷんだ。

それになにより、これまで舞踏会などに参加せずレオンとの接点などなにもなかった自分が、レオンに望まれているとはどうしても思えないのだ。ラルフ王の命に従うしかないのだろうが、見ず知らずも同然の女性との結婚を決められた彼がかわいそうにも思えた。

私は愛されない王妃になるしかないのだろうか……。

サヤの心は痛み続けている。

レオンとサヤの婚約が調えば、サヤは王城に日々通うことになる。その日まであと三日となった今、サヤは揺れる心に折り合いをつけられずにいた。そして、やはり森へと逃げ込んでしまった。

結婚したあと、これまでのように自由に森に来ることができるとは思えない。王族の一員となり、重い責任と義務を果たすために精進する毎日が待っているはずだ。森の管理を第一に考える日々は終わりを告げるだろう。

カサカサと音を響かせながら、サヤは森を駆け抜ける。

頬を切る風が心地いい。じきに新しい年を迎える森は、緑よりも茶色が際立っている。

夏の濃い緑もいいが、どちらかといえば、サヤはこの時期の森が大好きだ。温かみを感じる茶色の中にいると、ホッと心が落ち着くのだ。

年が明ければ森は雪化粧をほどこされ、場所によっては樹氷の森に変化する。湖に舞い落ちる雪は幻想的で、寒さを忘れどれだけ見ていても飽きないが、そのころのサヤは、今とはまったく違う日々を過ごしているはずだ。

「嫌じゃないけど……やっぱり、嫌だ」

枯葉が落ちた道を走り続けたサヤは、森の奥の温室の前で足を止めた。どうにか息を整える。簡素なワンピースの上に毛皮の裏打ちをしたマントを羽織っているからか、体を休めると一気に熱くなった。無造作にマントを脱ぐと、温室のドアを開け、よろよろと中に入る。

森に雪が降り、寒さが今よりも厳しくなれば、火で熱した石を温室のあちこちに置いて室内を温めるのだが、今はまだ行っていない。ビニールで覆われた室内は、外気を遮断するだけで寒さが和らぐのだ。

この温室では王家の慶事で必要となる花を育てているが、薬草同様、ルブラン家が管理している。サヤも時折訪れ、甘い香りと彩り豊かな室内を楽しんでいる。

温室の奥には、サヤが特に大切にしている鉢植えの紫のビオラがある。寒さに強い品種だが、霜に触れれば成長が止まってしまう。朝の冷え込みを考え、最近温室に移したのだ。

「いつ見ても、キレイな紫だわ」

サヤは慎重に水を与えながら、その鮮やかな色に見入った。

中心部分は白いが、花びらの外側に向かって次第に濃い紫に変化している。そのグラデーションの妙に、いつも感心させられる。

サヤは水分を含んだ土を指先でそっとならしながら、しばらくの間しゃがみ込んでいた。今にも泣きそうな顔はゆがみ、目には涙が浮かんでいる。

午前中、王家から遣わされた宰相によって結婚許可証が届けられた。もちろんそれは王太子レオンとサヤの結婚許可証であり、サヤの父親ダスティンが受け取った時点で正式に婚約が成立し、王宮では結婚の準備が始まるのだ。

とはいえ、王が自らの退位とレオンの即位を発表して以来、サヤと両親は何度か王宮に呼ばれ、国王陛下と王妃殿下、そしてレオン王太子に、妹のジュリア王女と食事を共にしている。

そのときの緊張感はかなりのもので、料理を味わう余裕などない。ただただ恐縮し、食事に集中するばかりで、レオンと目を合わせることもままならなかった。

食事だけでなく、ウェディングドレスのデザインを相談したり、サヤの体中のサイズを計測したりしたが、正直、サヤはまだピンときていなかった。相変わらず、これは夢ではないかと感じていたのだ。

しかし今日、恭しく両手で結婚許可証を受け取る父の姿を見て、ようやくこれは現実なのだと理解した。というより、これ以上夢だといって自分をごまかすことはできないと認めたのだ。

今日を境に王妃教育が始められ、いずれ王宮に居を移す。今も、王城内にある図書室を訪ね、ジークに選んでもらった歴史書を何冊か借りている。

真面目な性格のサヤは、食事の時間も惜しむように、借りた本を読み続けた。それだけでなく、国王陛下の退位式に参列する各国要人についての説明を受けたりもした。

これまで触れる機会もなく知らなかったことを学ぶのは楽しくワクワクするが、結婚に向けてますます加速がついた状況に右往左往している。

「私も、ビオラのように強くなりたい」

サヤは目の奥が熱くなるのを我慢し、慌てて目を閉じた。

寒さに強く、小さな花弁を大きく広げて鮮やかな色を見せつけるビオラのようになりたいが、今の自分はほど遠い。

「私も寒さには強いんだけどな……」

「だからって、そんな薄着でなにをしてるんだ」

そのとき、しゃがみ込むサヤの頭上に、ため息と共に低い声が響いた。

「温室といっても、外気が入ってこない程度のものじゃないか。王家の健康管理を任されている者の行動とは思えないな」

「レオン殿下っ。どうしてここに」

サヤは焦って立ち上がった。

目の前には呆れた顔のレオンがいた。スラリと背が高いレオンは、くるぶしまである紺色の長衣を着ている。そしてその手には、さっきサヤが脱ぎ捨てたマントがあった。

「ちゃんと温かくしておかないと体調を崩して、王宮に移ってきた途端に寝込むぞ」

「あ……はい。すみません」

「しばらく会えなかったが、王宮に移る準備は進んでいるのか？」

「はい。ジークさんが何度も我が家にお越しくださってアドバイスをくださいますので、順調……だと思います」

レオンの言葉に、サヤは慌てて頭を下げた。突然現れたレオンに驚かされ、あたふたする。

忙しいレオンとサヤが会うのは久しぶりで、十日ほど前に王宮ですれ違いざまに片言話した以来だ。ジュリア王女の結婚が近く、レオンはここ一週間、彼女の嫁ぎ先である隣国のラスペード王国を訪問していたのだ。

これまで蝶《ちょう》よ花よと大切に育てられ、多少子どもっぽいわがままが残るジュリア王女を他国に嫁がせることは、王家にとっては大きな決断だった。が、ファウル王国とラスペード王国の国境をまたぐ場所で発見された大きな鉱脈を、両国で平等に取り扱う約束の証として、結婚が決められたのだ。

本来ならジュリア王女の結婚式が終わり、国内が落ち着いたころを見計らって、王の退位と王太子の即位を発表するべきなのに、どうしてこの忙しい中、自分たちの結婚が決まったのだろうかと、サヤはずっと疑問に思っていた。

一度ジークに聞いてみたが、普段と変わらぬ愛想のいい笑顔で『深い理由はないと思いますよ』と答えが返ってきた。本当にそうなのだろうかと、サヤは今でも半信半疑だ。

「ちゃんとこれをかけておけ」

うつむくサヤの肩に、レオンは手にしていたマントをかけた。

「あ、ありがとうございます」

レオンは胸元のリボンをきゅっと結び、満足げに笑った。

「赤がよく似合ってる」

「……それは、ありがとうございます」

マントの色に負けないくらいサヤの顔は赤くなり、鼓動はドキドキと音を立てる。

久しぶりにレオンと会えてうれしいが、まともに顔を合わせた回数は少なく、照れてうまく言葉が続けられない。レオンが結んでくれた胸元のリボンを手で触りながら、息を整えるだけで精一杯だ。

照れるサヤの気持ちに気づいているのかいないのか、レオンは落ち着いた様子でビオラに視線を向けた。

紫のビオラはファウル王国の国花であり、レオンにとっても目にする機会が多い花だ。

「これまでじっくり見ることはなかったが、意外に小さな花だな」

レオンの言葉に、サヤはうなずいた。

「とても小さくてはかなげな花ですが、気候の変化にも耐える、強い花なのです。国花に選ばれるだけあって彩りもキレイですし、見ていて飽きません」

「そういえば、俺が生まれたときに植樹したクスノキの周りにもたくさん咲いているな」

ふと思いついたようにレオンがつぶやいた。

「ご存知でしたか」

「ああ。子どものころからよくあの辺りで昼寝をしたし、王宮から逃げ出しては気分転換していたな。最近は忙しくてあまり行ってないが」

王家に子どもが生まれたとき、記念に一本の木が植樹されるのだが、レオンが誕生したときにはクスノキが植えられた。それから二十四年が経ち、見上げてもてっぺんが見えないほどの大木に育っている。

王族ゆかりの木の世話もルブラン家が行っているが、サヤはそのクスノキの世話を念入りに行ってきた。さすがにあまりにも大きくなり余分な枝の伐採などは騎士に任せているが、虫の害から守ったり、栄養が足りているか気にかけたり、週に何度か確認している。

　クスノキが作る木陰で休むレオンの姿を見ることもあったが、しばらく遠くから眺めたあと、その場を去るようにしていた。公務で疲れているレオンの邪魔をしたくなかったのだ。

「ようやくジュリアの結婚の準備も調って時間が取れても、昼寝をするには寒すぎるな」

　そう言って笑うレオンにつられ、サヤも口元を緩めた。

「お昼寝は無理だと思いますが、今あの辺りは一面落ち葉に覆われていてとても美しいんです。茶色や黄色だけでなく、赤い葉がカーペットのように広がっていますよ」

「ああ、前にイザベラもそんなことを言ってたな。単なる落ち葉というよりも絵のようにキレイで目を奪われたらしい」

「イザベラが……」

　サヤの表情がすっと硬いものに変わった。

　イザベラの名を口にするレオンの目はとても優しく、彼女に特別な感情を抱いているのは明らかだ。

「それほどの場所なら、今から行ってみるか？　じきに雪が降って景色も変わるだろう?」

レオンはサヤを、誘うように目を細めた。

サヤは目の前にあるレオンの表情に頬が熱くなった。はっきりとした瞳と、強い意志を見せる形のいい唇。いつ見ても見とれてしまうのだ。

「でも、あの、殿下はお忙しいのでは？　それにどうしてここにいらっしゃったのですか？　あ、もしかして、体調が悪いのですか？　薬草が必要でしたら、お医者様に処方箋をいただいて……」

サヤはレオンが体調を崩し、薬草の調合を頼みにサヤに会いに来たのではないかと焦った。それまでうつむきがちだった視線を上げ、レオンの顔色を確認しながら頬に手を当てる。

頬は冷たく、熱はないようで、顔色も悪くない。

「どこか痛みませんか？　せきは大丈夫ですか？　それに、食欲はありますか？　もしもなければ温かいスープだけでも召し上がられたらいいのですが」

レオンの頬に置いていた手を額に移しても、熱はない。

「大丈夫だ。体調はいいし、むしろここでサヤに会って力が出て――」

「熱がなくても、油断は厳禁ですよ」

レオンの言葉を聞くことなく、サヤは上ずった声をあげた。

国王への即位を控えているだけでなくジュリア王女の結婚準備も仕切っているのだ、体調を崩しても不思議ではない。

「少し、お痩せになりましたよね」

サヤは心配げにつぶやいた。

「そうだな。ラスペードの王族との会食が続いたが、会食という名の神経質な打ち合わせだからな。外交には自信があるが、けっこう骨が折れた。おかげで食事を楽しむどころではなかったんだ」

「まあ、それは大変でしたね」

「いや、慣れているから大丈夫だ」

レオンはサヤを安心させるように笑うが、以前より鋭くなった顎を見て、サヤは眉を寄せた。

「そんな不摂生を続けていては国王の重責を背負うことはできません。ちゃんと食べてくださいませ。それと、滋養効果のある薬草を煎じてお持ちしますので、お飲みください」

「うっ……それは」

サヤの口から『薬草』という言葉を聞いて、レオンは顔をしかめた。薬草の効能はわかっているが、やはり口にしたいと思える味ではない。

「熱もないし、元気だから薬草は、いい。必要ない」

手を目の前で何度も振り、薬草を拒否するレオンに、サヤは苦笑した。

「今の殿下は城下の子どもたちにそっくりです。熱があるのに薬を飲むのを嫌がって逃げ回るんです」

「子ども……」

「はい。逃げ回る子どもを捕まえても、薬を飲みたくなくて私に抱きついて顔を向けてくれないんです。それはもう強い力でしがみついて離れなくて大変なんですけど……え？　殿下？　どうされまし……た？」

突然サヤの目の前が真っ暗になった。レオンがサヤの背中に手を回して抱き寄せたのだ。レオンのたくましい胸に押しつけられたサヤは、身動きが取れない。

「あの、殿下？　突然どうしたんですか……」

押しつけられた頭をどうにか動かして顔を上げれば、無表情でサヤを見つめるレオンの顔があった。

「子どもって、ずるいよな」

レオンは、ふてくされたような声で言い捨てた。

「は……？　ずるいって、どうしてですか？　子どもたちっていつも素直でかわいらしくて、私になついてくれて。決してずるくないと思うんですけど」

「は？　どこが素直でかわいいだよ」

レオンは面倒くさそうにそう言うと、大きく息を吐いた。なにが気に入らないのか唇をきゅっと結んだ表情は、やはり子どものよう。体が大きなぶん、サヤが抱き込んで薬を飲ませたりできずやっかいだ。

「レオン殿下？」

「きっとその子どもたちはサヤのことが好きなんだよ」

サヤの体をいっそう強く抱きしめながら、レオンは声を荒げた。

「わざと薬を飲みたくないって言って困らせて、サヤに構ってもらいたいんだよ。で、抱きしめられるのを待ってるに決まってるんだ」

「あの……殿下？　子どもたちは本当に薬が嫌いで逃げちゃうんですよ。別に困らせるわけでは……」

「いや、サヤは騙《だま》されてるんだよ。子どもたちは、自分がどう行動すればかわいく見えるかとか、大人が優しくしてくれるかとか、ちゃんと計算してるに違いない」

レオンの吐息を首筋に感じながら、サヤは深呼吸をした。

その姿を遠目から眺めるだけで精一杯で、決して自分との接点が生まれるとは思いもしなかった人。その人が今、私を抱きしめ、子どものように拗《す》ねている。

体中に伝わるレオンの体温以上にサヤの体は熱いが、初めて見せられた彼の姿がうれしくて心も温かくなる。

「子どもたちはこんなふうにサヤを抱きしめるんだろ？　で、結局最後は薬を飲んでサヤに褒めてもらうんだよな。あー、むかつく」

舌打ちさえもしそうなレオンの口調に、サヤはくすりと笑った。

王太子として公務に励み、滅多に感情を表に出すことのない優秀な王太子。それが周囲が抱くレオンの印象だが、今の彼にそんな印象はまるでない。サヤが手を焼いている子どもたちのように、というより、それ以上に子どもっぽい寂しがり屋の男の子のようだ。

サヤを抱きしめたままのレオンは、「あー、むかつくし、腹が立つなあ」とぶつぶつ言いながら、額をサヤの肩にこすりつけた。

「そう言われても、薬を患者さんに用意するのは私の仕事ですし、子どもたちを抱きしめるのは嫌じゃないんです。むしろ、私の手からなら薬をちゃんと飲んでくれるなんてうれしいです」

「じゃあ、俺にも」

「え？」

「結婚したら、俺にもサヤが薬を飲ませてほしい。王の健康を管理するのは王妃の仕事だろ？　子どもたちばかり構ってないで、俺のことを第一に考えなきゃならない」

サヤは、温室の中の温度が上がったような気がした。

どうして今レオン殿下が私を抱きしめているのか、どうしてここまで拗ねているのか、その理由が思い浮かばない……。

レオンとサヤの結婚は、陛下からの絶対的な命令だ。王太子といえど、陛下の命令に逆らうことは許されない。だからレオンは気が進まない結婚を渋々受け入れたのだとサヤは思っていた。

レオンに好意を寄せているサヤにとって、その現実はとても切なく寂しいものだ。

結婚したあとは、せめて夫婦として互いを尊重し大切に思い合える関係になりたいと願っていたが、もしかしたらその願いは叶うかもしれないと、期待しそうで怖い。

例え命令による結婚だとしても、互いを慈しむようになれるかもしれない。そして、私が自分の恋心に忠実であれば、レオン殿下もその思いの何分の一かでも返してくれるかもしれない。

レオンの体温を感じているせいだろう。望んではいけないとわかっていても、素直な思いがあふれてくる。結局、その期待はもろく崩れ、サヤの心をひどく傷つけてしまうかもしれないけれど。

「王妃は王の専属なんだ。例え子どもであっても、俺以外を抱きしめるなんて論外だ」

サヤの不安を押しやるようなレオンの優しい声に、つい未来が楽しみになる。

「子どもでも、ですか？」

「特に子どもはダメだ。無邪気なふりをして自分のわがままを通す面倒な生き物だからな」

自信ありげにつぶやくレオンに、サヤは首をかしげた。

「……思い当たることでも、あるんですか？」

問いかければ、レオンは力強い声で答えた。

「もちろん。子どものころの俺がそうだったからな。ジュリアとふたり、王宮のシェフに笑顔を振りまいて好物のシフォンケーキを焼いてもらったり、家庭教師が好きな花をプレゼントして機嫌をとっては勉強の合間に部屋を抜け出して、王家の森で昼寝をしたりしていたんだ。子どもは悪知恵が働くから油断するなよ」

決して褒められるわけではない過去の所業を喜々とした表情で話すレオンに、サヤは呆れた表情を見せた。

レオンといえば、子どものころから帝王学を学び、いずれ王位に就けばファウル王国はそれ以降、百年は安泰だとささやかれている。見た目の華やかさで軽く見られ損をしている部分はあれど、真面目な性格で貪欲に勉学に励む姿は国民を安心させるには十分なものだ。サヤも、レオンの好意的な評価は何度も耳にしていた。

現国王の最大の功績は、レオン王太子殿下を得たことだ。今も、国民の誰もがそう思っている。

「そういえば、しばらくシフォンケーキも食べてないな」

「殿下がシフォンケーキ、ですか？」

サヤは、生クリームがたくさん添えられたシフォンケーキを頬張るレオンの姿を想像し、思わず笑った。

「別にいいだろ。あのフワフワな食感が好きなんだ」

クスクス笑うサヤに、レオンは照れくさそうに言い返した。そして、余計なことを口にしたと気づき、空気を変えるようにぽつりとつぶやく。

「それに昼寝は、お前に会えればと……いや、それはいいんだが」

「え?」

「いや、なんでもない。ただ、あのクスノキの下で昼寝をすると、よく眠れたんだ。ジュリアも城を抜け出して、俺の横で刺繍《ししゅう》に夢中だったたな」

レオンは懐かしそうに笑った。

「ジュリア様の刺繍は有名ですよね」

王女ジュリアの刺繍の腕はかなりのもので、城の中には専用の作業部屋があり、糸や針などの道具を始め、貴重な布がいくつも用意されている。

製糸業が発達しているファウル王国では、鮮やかな模様が刺繍された洋服やカーテンなどが他国との貿易の主力商品となっている。中でもジュリアが手がけた作品は人気が高く、先日も、半年をかけて制作したベッドカバーがかなりの値で隣国の貴族に買われた。

嫁ぎ先のラスペード王国の王宮内でも、ジュリアのための作業部屋が作られ、彼女から刺繍を習いたいと願う貴族の娘たちがその日を楽しみしている。

「ジュリアは昔から勉強では苦労ばかりしていたが、それを補ってもあまりある刺繍の才能があったから、陛下も妃殿下もあまり心配してなかったな……。まぁ、あのふたりはお互いに夢中で俺たちのことは二の次だったたし」

肩を揺らして笑うレオンの言葉に、サヤは抵抗なくうなずいた。

国王夫妻の強い愛情は有名で、国民の誰もがうらやましく思っている。もちろん、サヤもふたりの関係に憧れていて、レオンともそうなりたいと願っている。

正式に婚約が調ってから初めて顔を合わせている今、レオン殿下も幸せな未来を期待しているのだろうか。そうであれば、いいのに……。

過度の期待は絶望への近道。その言葉を何度も心の中で繰り返し気持ちを落ち着かせようとするが、レオンに抱きしめられている中でそれは無理なのだ。ただただ、レオンへの恋心ばかりが満ちてくる。

そしてこの状況が、サヤに勇気を与えた。

それまでレオンのなすがままで自分からはなにもしなかったサヤの手が、レオンの背中にこわごわと回された。ゆっくりとその背中に置かれた手は、彼の反応を探るようにじっと動かない。少しでも動かせば、途端にレオンが離れてしまいそうで怖いのだ。

レオンはサヤの動きに最初こそ驚いていたが、次第に口元は緩み、サヤの出方をうかがうようにニヤニヤしている。

サヤはレオンの背中に手を置いただけで精一杯で、このあとどうすればいいのかわからない。そっと顔を上げれば、今にも触れ合いそうな距離にレオンの唇があり、思わず息を詰めた。

「バラの香りがする」

レオンは互いの額を合わせ、目を閉じた。

「あ、あの、バラがたくさん咲く時期にハーブを作って……クローゼットに入れてるんですけど、この香り、お嫌いですか？」

焦ってレオンから離れようとするサヤを、レオンは許さないとでもいうようにぎゅっと抱きしめた。

「特に好きでも嫌いでもないが、サヤにはぴったりな香りだと思う。そのうち、俺もこの香りが似合うようになるんだろうな。なんといっても夫婦だからな……」

感慨深げにそう言って、レオンはバラの香りを楽しむように深く息を吸った。

サヤは恥ずかしくてたまらず、レオンの胸に顔を埋めた。

自分にしがみつくサヤに満足そうな笑みを向けながら、レオンはあやすように体を揺らした。

「陛下と妃殿下は退位後、静養のために、少し南にある離宮に移る。のんびりとした空気が流れる場所で、喘息の妃殿下のことを考えれば俺も賛成だが、ジュリアも嫁げば王宮は一気に寂しくなる」

レオンの胸から耳触りのいい声が聞こえ、サヤはそのままの姿勢でうなずいた。

「ジークは王宮に残るが、王宮で長く働いている者たちも何人かは陛下たちと共に移る。家族がそれぞれの未来に向かって歩きだすのだから喜ばなければならないが、なかなか難しいな。だから、よろしく頼むぞ」

「……わ、私ですか？」

レオンの言葉を聞いて、サヤはおずおずと顔を上げた。

「他に誰がいる？　俺と結婚するのは、サヤだろ？」

レオンの口から『結婚』という言葉がこぼれ、ときめいた。

「は、はい、もちろん」

サヤはコクコクとうなずいた。ようやく、自分がレオンの婚約者なのだと実感もした。

「王宮で働く者たちは、もちろんジュリアの結婚を喜んでいるが、なかなか会えなくなると沈んでいたんだ。だが、王妃としてサヤが王宮にやってくる。もともとサヤは医師の手伝いで王宮に来る機会があっただろう？　みんなサヤに仕えることを楽しみにしてるんだ」

「本当ですか？」

「王族だけでなく、体調を崩して診察を受ける使用人にも優しく接するサヤのことが大好きってことだ」

レオンはサヤの頭をゆっくりと撫でた。艶のあるピンクブロンドの髪はなめらかで、何度もその指触りを楽しむ。そして、ふと思いついたように口を開いた。

「子どもたちを抱きしめるのも禁止だが、この髪を触るのも俺だけだ。そうだろう？」

レオンの指の中からパラパラとこぼれる髪が、サヤの頬にかかる。

「高い位置で編み上げてもキレイだが、こうして下ろしたままだと、いつでも触れることができていいな」

レオンの吐息を肌に感じながら、この甘い時間はいつまで続くのだろうか、できることならもう少しこのままで……とサヤは意味なく髪に手をやり、焦ったように整えた。

その後、ふたりは温室を出て森を歩いた。冬の始まりを感じる冷たい空気が心地いい。

ふたりの背後からは、レオンの警護をしている騎士たちが一定の距離をとり、ついてくる。

温室に向かって全力疾走をしていたときとはまったく違う気持ちで、今のサヤは森を歩いていた。

逃げ込んだ温室に突然レオンが訪れ、思いがけない時間を過ごした。レオンは『結婚』や『夫婦』という言葉を口にしたが、決して嫌がっているようには見えなかった。

今は、それだけで十分だった。自分との結婚を前向きに受け止めてもらえるだけでよかった。そして、まるでサヤを独占したいと思っているかのような言葉を繰り返すレオンに、ますます惹かれた。

レオンは形のいい口元にかすかな笑みを浮かべ、力強い足取りで歩を進める。それが当然だというようにサヤの手を引き、その手を離す気配はない。

ふたりが足を止めたのは、レオンの誕生を記念して植樹されたクスノキのそばだ。二十メートルを超える大きな木を見上げれば、そのたくましさに圧倒される。

「ここに来るのは久しぶりだ」

「私は時々……」

サヤはこのクスノキをとても大切にしている。数日前も、幹に傷はないか、広がった枝に病気の気配はないか、確認したばかりだ。

「子どものころの思い出の多くは、このクスノキと共にあるな……」

レオンはサヤの手をそっと離すと、幹の具合を手で確認する。

年を重ねるにつれて王太子としての責任も大きくなり悩みも増えたが、簡単にそれを口にすることはできない。吐き出せない思いを昇華するために、何度もここに来ては幸せだった時間を思い出し、この先も幸福が続くよう公務に励まなければと気持ちを高めていた。

「……俺がここにいるとき、サヤは俺を遠くから心配そうに見るだけで、いつもそっとしておいてくれたな」

振り返ったレオンの言葉に、サヤはハッとした。

「気づいてらっしゃったのですか？」

「ああ。王族はみな、辺りの気配には敏感だからな。サヤが静かに立ち去る後ろ姿を何度も見たぞ」

「そ、それは……失礼いたしました」

レオンに気づかれる前に姿を消していたと思っていたサヤは、慌てて頭を下げた。

「殿下の大切な時間を邪魔してしまい、すみません」

「いや……。そっとしておいてくれてありがたかったが、たまにはゆっくり話をしたいと思うときもあったな」

レオンはサヤの隣に戻ると、クスノキを見上げた。

「サヤがルブラン家の誰よりもこの森を愛し大切にしているのはわかってるんだ。一日中……というより一生この森の世話をしたいと思っているのもわかっている」

レオンはサヤに顔を向けると、切なげな表情を浮かべた。

「王族のひとりとしてその思いには感謝しているが、サヤの森への一途な気持ちを、これからは俺にも向けてもらえないか？」

レオンは申し訳なさそうに話しているが、その声音はしっかりとしていて、サヤが断ることを許さないとでもいうような強さがにじんでいる。

サヤの両肩に手を置いて見つめるレオンから、サヤは目が離せない。

「俺が王位に就き、この国を率いていく傍らにいてもらえないか？　王家の森に注いでいた愛情を俺に注ぎ、共に生きてほしい」

「殿下……」

レオンはサヤの顔にかかっていた髪をそっと梳《す》くと、自分が身にまとう長衣の胸元に手を差し入れた。

「これは、最近発見された鉱山で採れたエメラルドだ。サヤが王妃に内定してすぐに、加工してもらった」

「え……？　エメラルド？」

レオンが胸元から取り出したのは、エメラルドのネックレスだった。

「婚約記念にと思って用意したんだ。王家の森の緑をイメージして、エメラルドにしたんだが……」

レオンはサヤの反応をうかがうように手のひらを広げて見せた。

「エメラルドの宝石言葉は、幸福や夫婦愛だそうだ。結婚する俺たちにはぴったりだろ？　粒の大きさやカットも俺が決めたんだ。チェーンの長さはジュリアが持っているネックレスを参考にしたんだが」

「殿下が決められたのですか……」

サヤはエメラルドを見つめた。

十ミリほどの卵型のエメラルドは、日差しに映えてキラキラしている。そして、レオンが言うとおり、王家の森を思い出す深い緑は心を落ち着かせてくれる。

「気に入ったか？」

どこか自信のない口調のレオンは、そわそわしているようにも見えた。

「気に入るもなにも、宝石には縁がないのでよくわかりませんが、本当にキレイです。

王家の森のようでホッとしますし……。ですが、これは……」

まだ結婚しているわけではない自分が宝石など受け取るわけにはいかないとサヤが口にする前に、レオンは人差し指をサヤの唇に押し当てた。驚いたサヤは、呆然と目を見開いた。

「俺は、サヤを王妃として迎えるためになにをすればいいのかよくわからないんだ。おまけにジュリアの結婚が控えていて忙しい。陛下は既に引退したつもりで俺に仕事の多くを譲ってしまうし」

レオンは呆れた声でそう言うと、照れくさそうに笑った。

「忙しくて一緒にいられない埋め合わせというわけではないが、婚約の記念に受け取ってほしい」

思いがけないプレゼントを前に、サヤはどう答えていいのかわからない。

宝石に縁がないのはもちろん、男性からプレゼントをもらうのは初めてなのだ。婚約の記念だとはいっても、高価なものだとひと目でわかるようなものを受け取っていいのだろうか。

すると、レオンが苦笑しながらチェーンを指にかけ、輝くエメラルドをサヤの目の前で揺らした。

「王太子命令だ。今からずっと、このネックレスを身に着けておくこと」

口調は厳しいが、その顔には笑顔が浮かんでいる。

サヤはこくりとうなずいた。

ひと目見て、エメラルドの輝きに惹かれていただけでなく、レオンがわざわざ用意してくれた特別なものなのだ。本当は身に着けたくてたまらなかった。

レオンはサヤの反応に気をよくし、うれしそうにネックレスをサヤの首にかけた。

「思っていたとおり、よく似合う」

レオンは一歩下がり、サヤの胸元で光るエメラルドを満足そうに見つめた。赤いマントに緑がくっきりと浮かび、エメラルド自らがその存在感を主張しているようだ。

「あ、あの……ありがとうございます」

サヤはマントに負けないほど頬を赤くし頭を下げた。そのたびエメラルドが揺れて、いっそう輝く。

「で、ですが、普段は胸の中にしまっておいてもいいでしょうか……」

見せびらかすようにネックレスを着けることに抵抗があり、できることなら服の中にしまっておきたいのだ。

「ああ。でも、ずっと身に着けていないとダメだからな」

「はい、ありがとうございます」

サヤは胸元のエメラルドをそっと手に取り、その重みを感じながらため息をついた。

自分が王妃にふさわしいのかどうか、まだまだ自信はないけど、少なくともレオン殿下は私を受け入れてくれた。

喜びが胸にあふれる。

「それと」

エメラルドから目が離せないサヤに、レオンは真面目な表情で言葉を続けた。

「もう、俺に背を向けて立ち去るようなことはしてはいけないし、俺がどんな状況であっても、俺の隣で笑っていてほしい。王家で苦労することは多いだろうが、俺が守るし、幸せにする。だから、今日みたいに結婚が嫌で家を飛び出すようなことは二度としないでくれ」

「あ。どうしてそのことを……」

それに、タイミングよくレオンが温室にやってきたのもおかしい。

サヤは眉を寄せ、おずおずと口を開いた。

「殿下は、私が結婚を嫌がっているとお思いなのですか？」

「そうなんだろう？　だから今日も温室に逃げ出したんじゃないのか？」

レオンは眉をひそめ、口元を引き締めた。その様子に、サヤは慌てた。

「ち、違います。決して殿下との結婚を嫌がっているわけでは。ただ……」

「ただ?」

「まさか私がレオン殿下と結婚だなんて……思ってもみませんでしたし。私は王家の森で過ごすばかりで他にはなにもできません。それに……」

サヤはそこでいったん口を閉ざした。うつむき、唇をかみしめる。

困らせるに違いないレオンへの恋心を口に出すわけにはいかないだけでなく、愛されない結婚はしたくないと言うわけにはいかないのだ。王命による結婚に、拒否権はないのだから。

「サヤ?」

次の言葉を促すように、レオンがサヤの顔をのぞき込んだ。

サヤは言葉を選びながらゆっくりと話し始めた。

「あの、私は王妃の器ではないと思います。森のことにばかり夢中で、国の歴史についてもよく知りませんし、礼儀作法にも自信がありません。私には、王妃としての務めをしっかり果たせる自信がないのです」

レオンが気を悪くしないよう、丁寧に答えた。

決してレオンが嫌いなわけでも、レオンとの結婚に抵抗しているわけでもない。ただ、結婚後のレオンとの関係と、王妃としての役割を十分に果たせるのかどうかが不安なのだ。

レオンとの結婚を望む女性はたくさんいる。それも、子どものころから王妃教育を受けて、王妃になる覚悟と自信を持っている素敵な女性がたくさん。

その筆頭が、イザベラだ。彼女は女性騎士として活躍する傍ら、王家の歴史を学び、礼儀作法も身についている。舞踏会では魅力的なダンスを披露し、人当たりのよさも手伝って、外交でもその才能を発揮している。

性格も立場も違うサヤとイザベラだが、イザベラがジュリアの警護をしていることで、王城でふたりが言葉を交わす機会もある。そのたび、サヤは自分とイザベラの違いを実感していた。自分の思いに忠実に生き、精一杯楽しく生きようと努力をしているイザベラには決して敵わないと、あきらめていた。

そして、レオンにはイザベラのような女性がふさわしいのだろうと思っていた。だから、自分は王妃の器ではなく、レオンを支えるどころか足を引っ張ってしまうのではないかと不安でたまらない。

「王妃の器……か」

サヤの言葉を静かに聞いていたレオンは、再びクスノキを見上げる。

「俺には、そんなものどうでもいいんだけどな」

「どうでもいい……」

「だってそうだろ？　俺は王太子として生まれて、その記念にこのクスノキが植樹された。そのとき、俺に王としての力があるのかなんて誰も考えなかったはずだ」

サヤは小さくうなずいた。

レオンが生まれたとき、大切な後継者が生まれたというだけで、王族だけでなく国民は歓喜した。王としての責任をしっかりと果たせる器かどうかなど、誰も考えなかっただろう。

「国王にふさわしい器になるようしっかりと教育していこうと、ただそれだけを考えていたと思う」

レオンはそこでくすりと笑った。

「俺の意志なんてどこにも反映されず、ひたすら帝王学を学ばされ、ただただファウル王国の未来を、そして国民を守れる力をつけるために、育てられた」

「あ……お疲れ様です」

「なんだよ、それ」

サヤのつぶやきに、レオンが再び笑う。そして、サヤの肩を抱き寄せると自分の頭を彼女の頭に乗せた。

「王妃としての器なんて、これから勉強して慣れていけばいいんだ。俺がこれまで学んできた時間と同じくらい……いや、それ以上の時間を共に過ごすつもりだ。焦らなくても、気づけば城を采配するたくましい王妃になってるさ」

そう言われてサヤが視線を向けると、レオンは彼女を安心させるような笑顔を浮かべていた。

「もちろん、かなりの努力が必要だし、一朝一夕に王家に溶け込むことはできないだろうが。俺もジークも、それに城で働いている者たちはみな、サヤが立派な王妃になる後押しをする。だから、俺から逃げないでくれ」

最後の言葉はとても力強く、切実なものに聞こえた。レオンの目には、強い熱がこもっている。

それに気づいた瞬間、サヤの心は凪《な》ぎ、ざわめいていた胸がすっと落ち着いた。

ふうっと一度息を吐き出したサヤの心の変化を感じたのか、レオンは再び口を開いた。

「俺だって、優秀な王太子だと言われてきたが、今はまだ王にふさわしい器じゃない。

だけど、王位に就く覚悟を決めたと同時に、それと共に背負う責任と義務は果たすと決めた。そうすれば、いつか王の器とやらにたどり着くと信じてる」

「レオン殿下……」

きっぱりと言い切ったレオンの目に迷いはなく、瞳には覚悟を決めたものだけが持つ光が宿っていた。

サヤは、その凛々しい姿に圧倒された。ただでさえ整っている顔に、自信と覚悟と余裕が加われば、その姿に堕ちないわけがない。それに、例え王命であったとしても、サヤを王妃にと望んでいるのだ。その思いに応えたいと、心は大きく動いた。

「わ、私、レオン殿下のために、精進します。精一杯力を尽くして、レオン殿下が素晴らしい国王陛下になれるようお手伝いします」

サヤは、素晴らしい王妃になる努力を重ね、レオンのために成長していこうと、覚悟を決めた。

少しの迷いも感じないサヤの声に、レオンは一瞬驚きの表情を見せたが、すぐに頬を緩める。

「そこまで肩肘を張らなくても大丈夫だ。これまで森に向けていた愛情を俺に向けてくれれば、それでいい」

レオンの静かな声に、サヤの心は震えた。

「私……森を大切に思う気持ちに負けないくらい、レオン殿下のことを好きになりそうです」

これまでのレオンへの恋心など、幼い子どもの単なる好意のようなものだ。

今、王位に就くという逃げられない運命に真摯に向き合うレオンに、本当の恋をした。

サヤの肩に置かれたレオンの手の温かさ。そして頭に落とされる重み。そのすべてを受け入れよう。

サヤは肩に置かれた手の上に、自分の手をそっと重ねた。今はまだ愛されていなくても、いつか恋人として、そして本当の王妃として気持ちを注いでもらえるように頑張ろうと、表情を引き締めた。

「だったら、俺も王妃を大切にするし守るから、安心して好きになってくれ」

そう、例え今、レオンがサヤを好きだと言ってくれなくても。

第三章　婚約の裏側

「モニカが淹《い》れた紅茶は本当にうまいな。このクッキーもモニカが用意してくれたのだろう？　甘さの加減がちょうどよくて、いくらでも食べられる」

王宮のバルコニーの椅子にラルフとモニカは並んで座り、のんびりと午後のお茶を楽しんでいた。

本格的な冬が近づき、最近では部屋の中で過ごすことが多いのだが、すっきりと晴れ上がった今日は、バルコニーにも日差しがたっぷりと注ぎ、暖かい。

デレデレとした表情を隠すことなく、おいしそうにクッキーを口に運ぶラルフに、モニカはにこやかにうなずいた。

「本当においしいですわね。そのクッキーは、昨日カーラが届けてくれたんですよ。医師のお手伝いをするために城下へ行った際に、いつもの食堂でロザリーにたくさん焼いてもらったと聞いています」

今年四十六歳を迎えたモニカは、大きな瞳と形のいい赤い唇が魅力的で、まだまだ少女のように無邪気な表情を見せる。

「そうか、カーラは元気だったか？」

「はい。相変わらずとても元気で美しく……城下で久しぶりにダスティンとお酒を飲んで楽しかったと言っておりました。あ、結婚前に学校で教えていた生徒が、今では教師になっていて驚いたとも。時が経つのは早いものですね」

モニカもテーブルに置かれていたティーカップを手に取り、紅茶を味わった。

「陛下、落ちましたよ」

ラルフの膝に落ちたクッキーの欠片を、モニカは手に取り、そのまま口にした。その姿にラルフは目を細め、愛しげにモニカを見つめた。明るい日差し以上に熱いふたりは互いしか目に入らないようで、手をつなぎ、さらに体を寄せ合った。

すると、彼らの様子を向かいのソファに座って見ていたレオンが、大きなため息をついた。

「そのクッキー、毒見は済んでいるのか？」

ソファの背に体を預けて呆れた声をあげるレオンに、モニカは首を横に振った。

「カーラが持ってきてくれたクッキーよ。毒見なんて必要ないわ。それに、退位が決まった陛下と私を殺しても、優秀なレオンがいるもの、どうってことないでしょ」

モニカはそう言って、ラルフとうなずき合った。

毒見をしている間に料理が冷めてまずくなるという理由で毒見を嫌がるラルフとモニカに困っているジークの顔を思い出し、レオンはやれやれと笑った。

「レオンも食べる？　このクッキーは、サヤも大好物だそうよ」

明らかにからかうような声でそう言うと、モニカはたくさんのクッキーが盛られた皿をレオンの目の前に寄せた。そこには細かく砕いたナッツが交じっているクッキーや、ココアの香りがするクッキーなどがあり、どれも素朴でおいしそうだ。

「サヤ？」

モニカの口からサヤの名前が出て、レオンは小さく反応した。普段は甘いものは口にしないのだが、サヤの好物だと聞いて興味が湧いたのだ。

ラルフとモニカの、好奇心を隠そうとしない視線に気づいてはいたが、一枚手に取り口にした。ナッツの香ばしさと、サクサクとした触感を楽しみながら味わう。

「フフッ。サヤの力はすごいわね。公務にばかり時間を割いて、ちっとも人生を楽しもうとしないレオンが、クッキーをおいしそうに食べるなんて」

うれしそうなモニカにつられるように、ラルフも大きな笑顔を見せた。

「陛下、昨夜の流れ星になにをお願いしましたか？」

レオンのことなどもういいのか、モニカはラルフとの会話を再開した。

「ん？　キレイな流れ星だったが、願いごとといえばもちろん」

「もちろん？」

ワクワクしながら答えを待つモニカの耳に口を寄せ、ラルフはひそひそとつぶやいた。

「まあっ。私と一緒です。やっぱり私たち、愛し合っているのですね」

「それは疑いようがないだろう。モニカへの愛情で俺の体はできているんだ」

照れることなく真面目な顔で話すラルフの声に、紅茶を飲んでいたレオンは激しくむせた。

「あら、どうしたの？　紅茶が熱かったのかしら？」

モニカの声に、レオンはむせながらも「そうじゃないだろう」とどうにか声にした。

「頼むから、いちゃつくのはふたりきりのときにしてくれ。息子の目の前で交わす言葉じゃないだろ」

レオンが目の前のふたりを軽く睨んでも、ふたりに動じる様子はない。

「だったらレオンが席を外せばいいでしょう？　私たちのお茶の時間にわざわざ来るなんて、気が利かないんだから」

むくれるモニカの言葉に、レオンはさらにがっくりと肩を落とし脱力する。

「で、わざわざ我々の貴重なふたりきりの時間を邪魔してまでやってきたのは……サヤの件か？」

ラルフはレオンの様子に笑いをこらえる。真面目な息子が困る姿が面白くてたまらないのだ。

レオンは子どものころから王太子としての役割を誠実に果たし、いずれ王位に就くことに疑問を持つこともなかった。その運命から逃げることは許されないが、自分の人生になにも期待せず、欲というものからかけ離れた日々を過ごすレオンを、ラルフもモニカも心配していた。

しかし、レオンはサヤとの婚約が正式に調ってからというもの、それまで見せることのなかったいくつもの感情や表情を見せ、人間らしく変化した。

――ルブラン家から王妃を召し上げるという慣例にもなんの疑問も持たず、粛々と受け止めていたレオンだったが、隣国、ラスペード王国の第三王子とジュリアの結婚が決まった三カ月ほど前のある日、突然ラルフの元にやってきた。そして、珍しく紅潮した顔で、ラルフにあることを願い出た。

『サヤとの結婚を、認めていただけないでしょうか？』

会議を終え、国王専用の執務室でホッとひと息ついていたラルフは、レオンの言葉に目を見開いた。

『俺はサヤ以外の女性を王妃として迎えることはありません』

『は……？　なにを突然言いだすんだ？　サヤって、ダスティンの娘か？　森の天使ちゃん？』

ラルフは混乱し、何度も問いかけたが、レオンは平然としたままだった。

ダスティンはラルフの学友で、ふたりが若いころは、病弱だったダスティンをラルフはいつも気にかけていた。勉強が遅れがちなダスティンのために自分の家庭教師を派遣したり、見舞いだと理由をつけてはこっそりと彼の家を訪ねていた。

王としてふさわしい屈強な体を持つラルフと、体の線が細いダスティン。一見ちぐはぐな組み合わせだが、なぜか気が合い、今でも強い友情で結ばれている。

『で、お前は、天使ちゃん……いや、サヤと結婚したいということか？』

訝《いぶか》しげに問うラルフに、レオンは大きくうなずいた。

『森の天使ちゃんという呼び名は気に入らないが……。そうです。ダスティンの娘、サヤと結婚したいのです。というより、彼女以外の女性とは結婚いたしません』

ラルフはここまで自分の感情を見せるレオンを別人のように感じた。

『どうして、サヤなんだ？　確かに母親に似て美人だし、王家の森については誰よりも詳しい。いつも王族の健康を気にかけてくれる優しい子だ。そうそう、最近では周辺国の貴族たちからも結婚の申し込みがかなりあるんだ。サヤが十八歳になった途端に増えて驚いたぞ。社交の場に顔を出すことも滅多にないのになあ。魅力ある女性は誰もが放っておかないんだな』

ラルフはふむふむとうなずき、チラリとレオンに視線を向けると肩を震わせて笑った。

『そこまで怖い顔をしなくてもいいだろう？　お前がサヤを気にかけているのはなんとなく察していたが、ここまで本気で欲しがるとは思ってなかったから面白くてな』

悪い悪いと言いつつ笑い続けるラルフに、レオンは肩を落とした。

『陛下、からかわないでください。おっしゃるとおり本気でサヤと結婚したいと思ってるんですから』

『ははっ。あれか？　公務から離れたくてこっそりと森に行ったときに一目惚《ひとめぼ》れでもしたか？』

『どうして、それを……』

ずばりと言い当てられ、レオンは驚いた。

なにかに行き詰まったときに森に行っていることは、知られていないと思っていた。

おまけに、生き生きと森で動き回っているサヤに一目惚れしたことまでバレているとは……。

『ま、俺ではなく、モニカが森でお前を見かける機会が何度かあって、察したんだな。母親の勘というのはあなどれないな』

『勘……』

思い返す限り、母が俺にサヤのことを尋ねたことはなかった。結婚についても、特に急かすことも、ふさわしいと思われる女性を勧めることもなかった。見守っていたのだろうか。

レオンはなにも言わずそっとしておいてくれたモニカに、心の中で感謝した。

『では、サヤとの結婚を認めてくださるのですか？』

『ふむ。そう言われてもなあ。モニカもそうだが、ルブラン家の本家から王妃を召し上げるのが当然だと思われているからなあ』

ラルフは『うーん』とうなり、ため息をついた。

ルブラン家の娘だとはいえ、本家ではなく末端の家に生まれたサヤを王妃として召し上げたとなれば、王族や貴族たちから不満の声があがるはずだ。まず、本家の人間が黙っているとは思えない。例え反対の声を抑えたとしても、サヤが幸せになるとは限らない。

『それになあ、俺はダスティンを悲しませたくないんだ。ただでさえ自分の病弱な体のせいで肩身の狭い思いをしながら生きてきたというのに、大切な娘をわざわざ王家に嫁がせろとは……。うーん。レオンにサヤを守り抜く覚悟があれば考えなくもないんだが』

ぶつぶつと言いながら悩むラルフに、レオンはすっと姿勢を正した。

『覚悟なら決まっています。サヤを心から愛し、一生守ります。俺は、サヤ以外を王妃として迎えるつもりはありません』

落ち着き払い、強気な姿勢を崩さないレオンに、ラルフは困り果てた。

なにを欲しがるでもなく淡々と公務をこなしてきただけのレオンが、ここまでひとりの女性を欲しがっている。

ラルフは、レオンが初めて見せた激しい感情に驚きながらも、父親としてうれしくもあった。

『もしもサヤを認めてもらえなければ、王位継承権を放棄しても構いません。それが無理なら陛下が退位されるのを待ち、私が王に即位してすぐにサヤを迎えることにします』

そんなことはどうってことないというように、レオンは決意を口にした。

ラルフは、その言葉に慌てた。

『おいおい、俺がいなくなるのを待つような言い方はやめてくれよー。寂しいじゃないか』

『それは気づかず、すみません』

『……まあ、いい。それより、わかっているか？』

それまでの軽い口調に代わって、低く重い声でラルフは問いかけた。椅子に座り直して背を伸ばすと、探るようにレオンを見た。厳しげに細められた目から、どんより暗い光が揺れる。

『王妃としてサヤを迎えるということは、彼女にお前の命も託すということだ。王妃だけが知らされる毒のレシピは、重荷以外の何物でもない。単なる夫婦以上に互いを信頼し愛し合わなければ、その重荷には耐えられない。お前よりも王妃……サヤが苦しむことになる』

わかっているな？　と視線で問われ、レオンは引き締まった表情でうなずいた。

『王妃が背負う毒のレシピの重荷を重荷のままにしておくつもりはありませんから。そのことを忘れてしまうくらい愛して、そして国をいっそう発展させるつもりです』

冷静に答えるレオンの態度から、ラルフは彼が本気でサヤとの結婚を望んでいると理解した。重苦しい表情を振り払うように首を何度か振る。

『サヤちゃんも面倒な男にロックオンされたな。あれほどかわいければ、王家に嫁ぐより幸せになる道はたくさんあるだろうに……。まあ、いっか。レオンと結婚すれば、森の天使ちゃんは俺の娘だもんな』

ラルフは踏ん切りをつけたようにニヤリと笑った。

『最近モニカの喘息の発作が頻繁に起こって心配だから、退位してふたりで南の離宮に移ることにする。のどかな郊外で今まで以上に彼女を愛してふたりで楽しく過ごせば、喘息なんてすぐに治るだろう。おまけに薬草の知識が豊富なサヤがレオンと結婚すれば、いざというときモニカも心強い。ということで、サヤを次期王妃として王家に迎え入れる』

我ながらいい考えだ、と弾んだ笑い声をあげ手を叩いたラルフに、レオンは心配そうに口を開いた。

『母さん……いえ、王妃殿下の体調はこのところ落ち着いていると聞いているのですが。まさか……』

『ん？ 落ち着いているし心配することはないが、そうだな。子どものためにひと肌脱ぐ親の言葉は、どれも真実なんだよ』

ウキウキした表情でそう言ったラルフの心情を、レオンは察した。

王妃の体調を考慮しての、予定よりもとんでもなく早い退位。それは、これまでの王妃への溺愛ぶりを考えれば誰もが納得する理由だ。それに、サヤの薬草の知識は王妃の療養にも役立つ……。

ルブラン家の本家には、サヤの知識の多さに匹敵する優秀な女性は見当たらず、サヤが次期王妃に選ばれても異議を唱えるのは難しい。だが、実際の王妃の喘息は最近では落ち着いていて、発作は起きていない。愛する息子のために、ラルフがひと芝居打つことにしたのだ。

『早めの退位になるが、体が衰える前にモニカとの時間を少しでも多く持つのも悪くないな。旅行にも行ってみたいしな』

『陛下……ありがとうございます』

ホッとして頭を下げるレオンのことなどどうでもよく、ラルフの頭の中は既に、離宮での愛ある毎日でいっぱいだった。

レオンは父である王の緩みきった顔を見ながら、いずれ自分とサヤも幸せな退位の日を迎えたいと、心から思った。〝毒のレシピ〟という王妃に課せられる重荷に負けることなく、長い月日を共に過ごしたあとで――。

それから三カ月が経ち、状況は大きく進んでいた。

ラルフの動きは早く、楽しい未来を待ちきれないとばかりに段取りを調え、九カ月後の退位を決めた。

そして、正式にレオンの即位を発表した。

隣国に嫁ぐジュリアの結婚式が三カ月後に迫った中で、慶事だとはいえ、大きな行事が重なることに、準備を請け負う王城内の者たちからは不満の声も聞こえた。あまりにも忙しく、せっかくの祝いごとだというのにじっくりと時間をかけることができないからだ。今現在も、ジュリアのウェディングドレスや婚礼道具の用意で城内は慌ただしい。

それと並行して行われているのが、ラルフの退位式とレオンの即位式の準備。そして、サヤとレオンの結婚式の準備だ。大国であるファウル王国との接点を得ようとする国は多く、サヤとレオンの結婚式に参列を希望する国はかなりの数で、それだけでも盛大な結婚式になるのは明らかだった。

レオンにとって国事はどれも義務のようなもので、これまではどれほど面倒なものでもローテーションのように淡々とこなしていた。

しかし、いよいよ自分の結婚式の準備が具体的に始まれば、それまでの冷静すぎる性格は鳴りを潜め、サヤはどのような結婚式を希望しているのだろうか、そして彼女に似合うウェディングドレスはどんなデザインだろうかと、公務の合間にも考え続けている。

今日も、周辺国から祝いの品が届いたが、それは豊かな光沢のある絹の布で、レオンはそれを見た途端、サヤのためにドレスを仕立てようと心躍らせた。珍しい菓子が届けば早速サヤの元に自ら届け、ふたりでおいしくいただいている。

ようやく手に入れた愛しい女性を、いっときも離さずそばに置きたい。叶うのならば、王家の森の奥にある東屋にふたりでこもり、甘い時間を過ごしたい。

が、どれほど頭の中がサヤでいっぱいでも、公務に支障をきたすわけにはいかない。元来の真面目な性格のおかげで、その部分の線引きはできている……今のところ。

「で、今日の要件はなんだ？　お前に引き継いだ公務で困ったことでもあったか？」

ラルフはモニカと顔を見合わせ、首をかしげた。

「あぁ、違います。公務は順調です。陛下が力を注いでおられた学校もそろそろ完成のようです。経済的に苦しい子どもたちへの食事の提供も、ロザリーが中心となって実現しそうです」

「そうか。王族費でその食事の費用は負担してくれ。子どもたちに必要なものが他にあれば、これからはサヤと相談して決めてくれ」

「はい。わかっております。サヤは……子どもたちに人気があるので顔を出せば喜ばれるでしょう」

サヤが子どもに抱きつかれることもあると言っていたことを思い出し、レオンは顔をしかめた。

「ん？　体調でも悪いのか？　おかしな顔をしているぞ」

「おかしな顔は余計です。体調もいいのでご心配には及びません」

「そうか。ならいいが。で、なんだ？　これからモニカと一緒に馬乗りに出かける予定なんだ。天気もいいし、ふたりで遠出するのを楽しみにしてるんだが」

自分の妻に相変わらずメロメロなラルフにうんざりとしながらも、レオンは気持ちを切り替えて口を開いた。

引き締まった表情を浮かべたレオンを見て、なにかが起こったのだと察したラルフとモニカも笑顔を消す。

「採掘が始まった鉱山の辺りに、不審な奴らが現れていると報告がありました」

暗い光を瞳に宿し、レオンは冷たい声で伝えた。

即位の日程が決まり、あわせて結婚式の準備も進んでいる。自ら望み、王太子位を賭けてでも手に入れたいと思っていたサヤが、ようやく自分のものになる。

レオンは自室のバルコニーから眼下の庭園を眺めながら、ホッと息をついた。

王城の南側には手入れが行き届いた庭園があり、あらゆる花が咲いている。庭園から王家の森に続く石造りの道の脇にはいくつかのベンチがあり、サヤが使用人たちと楽しそうに話し込んでいる。

もともと王族の健康管理を担当していたサヤを知る使用人は多く、誰にでも変わらぬ態度で接するサヤは王宮内でも人気があった。当然ながら、彼女が次期王妃に決まったとき、そのことを喜ぶ声があふれた。

今も、サヤを慕う侍女数人がサヤと共に花の世話をし、合間に休憩をとっているようだ。

「なにがそんなに楽しいんだ？」

レオンは面白くなさそうに顔をしかめた。サヤが明るい笑顔を浮かべているのはうれしいが、そんな愛らしい顔は俺だけに見せろよ、と子どもじみた文句も口に出る。

「やっぱり、サヤがいちばんキレイだな」

甘い声でつぶやくと、レオンは満足そうにうなずいた。

正式に婚約してすぐ、サヤの生活は一変した。王家の森の管理はダスティンを始めルブラン家の女性たちに任せ、王妃教育に明け暮れる日々が続いている。

王家の馬車によって朝早くから王城を訪れ、日暮れまでを過ごす。行儀見習いといえば聞こえはいいが、これまで王妃教育をなにひとつ受けてこなかったサヤには習得しなければならないことが山ほどあり、日々の教育はかなり厳しいものとなっている。

ファウル王国の歴史に始まり王族の系譜。王族としての礼儀作法はもちろん、周辺国との関係など、学ぶべきものは数限りない。

その中でもサヤが一番手こずっているのはダンスだ。自分が王妃に選ばれると思ったことはなく、これまで社交の場に出席する機会も少なかったため、練習してこなかったのだ。

専門の先生から厳しいレッスンを受け、最近ようやくキレイなポジションがとれるようになってきた。

レッスンのときにはレオンが相手となってサヤの手を取るのだが、これは自分以外の男性がサヤの体に触れることにレオンが我慢できないからだ。もちろん、サヤに教えているのは女性だ。

「今日の勉強はすべて終わったんだな」

なにを話しているのかわからないが、サヤが手を叩きながら笑っている様子を見ればレオンの気持ちは穏やかになる。

真面目で努力家。苦しみを顔に出さず口にもしないサヤだが、王妃になるその日に備えて必死の思いで努力をしているのがわかるだけに、レオンはああして侍女たちと笑い合うサヤの姿にホッとした。

初めてレオンがサヤに会ったのは、彼女がまだ五歳のころだ。

国王である父とサヤの父が学生時代からの親友ということもあり、それまでもサヤの名前を耳にすることはあったが、当時十一歳のレオンは王太子としての公務が増えてきたころで忙しく、サヤと会う機会はなかった。

そんなある日、ダスティンに連れられて王城にやってきたサヤは、庭園の緑に映える白い外壁の美しさと城の大きさに圧倒され、言葉を失っていた。王家の森についての勉強を既に始めていた彼女は、普段は遠目から眺めていた城を間近に見て、そのあまりの荘厳さに感動し、次第に目をキラキラさせた。

子どもらしいその表情の変化に、玄関まで迎えに出ていたレオンは思わず見とれた。ハッと我に返り、恥ずかしそうに顔を赤くする姿もかわいらしく、レオンは目が離せなかった。

そんな子どもらしい姿を見せた一方で、妹のジュリアとはそれほど変わらない年齢だというのに、ダスティンの後ろにおとなしく控え、国王夫妻を前にしても物怖じすることなくすっと膝をつき、正式な礼をして見せた。

くるぶしまであるドレスの裾を小さな手でつかむ姿はとても愛らしく、国王夫妻も目を細めていた。

王太子としての人生に疑問も不満もないが、時には疲れ、羽を伸ばしたくなる。そんなとき、レオンは王家の森に入り、自分にとって特別なクスノキを見上げて気持ちを切り替えていた。

レオンと共に育ち、彼の成長を見守ってきたクスノキは、どっしりとした風格と温かさを持つレオンの守り神だ。クスノキの下で昼寝をしたり、のんびり読書をしたり。無理やりついてきたジュリアと少し離れた場所にある川で釣りをすることもあった。

そんな中、時折見かけたサヤの姿。王家の森を管理する彼女が森にいてもおかしくないのだが、彼女はいつもレオンを見つけると気遣うように背を向け、そっとその場を去っていった。

気持ちが沈んだときに森に来るレオンの心情を察してのことだとわかっていても、

レオンの聖域を邪魔しないようにと遠慮するサヤに、次第に物足りなさを感じるようになった。

レオンがそれを望んでいるからとばかりに背を向けるサヤを引き止めたいと感じた瞬間、レオンはサヤを愛しいと思う自分の気持ちに気づいた。そして、サヤとの結婚をなにがなんでも実現させるため、レオンは覚悟を決めたのだ。

王家の森でこの先も過ごしたいと思っていたはずのサヤとの結婚を強引に決め、王命という脅迫にも似た手段を使ってサヤを自分のものにした。

森で遠目から顔を合わせてもすっと姿を消す彼女に、もう我慢ができなかったのだ。レオンを思いやってのことだとわかっていても、背を向けるのではなく、互いの距離を縮め、言葉を交わしたいと思っていた。

時には、レオンの存在に気づかずサヤが薬草畑で膝をつき研究をしているところを眺めたり、天候が荒れた翌日などは悲壮な顔で森の中を確認して回る姿を目にした。

王太子としての緊張感から逃れ、気持ちを解放させるために森に行っていたレオンだが、次第にサヤの顔を見るために森に通うようになっていた。

定期的に医師と共に王城に訪れていたサヤと言葉を交わせば、見た目だけでなく真面目で気立てのいい彼女にいっそう惹かれた。森のこと以外に興味はないとわかる姿を何年も見つめ続け、あきらめかけたときもあったが。

『王太子として我慢ばかりの人生なんてつまらないでしょ？　一度くらい、欲しいものを王太子の力で無理やり手に入れてもいいと思うわよ。その代わり、絶対にサヤを幸せにしなさいよ』

自分の感情に素直すぎるほど素直に生きているジュリアの言葉に背中を押され、レオンは現国王に直談判し、サヤとの結婚を許されたのだ。

自分の気持ちにのみ従い、サヤの感情を無視したやり方に申し訳なさも感じているが、レオンは後悔していない。

それに、婚約した当初は森に逃げ出すほどの動揺を見せたサヤだが、今では覚悟を決めたのか、毎日王城に通い、立派な王妃になれるよう努力を続けている。

森で過ごす時間が取れないらしいが、そんな状況でもこうして笑っているサヤが愛しくてたまらない。

「絶対に、幸せにする」

レオンは、長く思い続けた相手と結婚できる幸せをかみしめた。

ただ、ひとつ気がかりなことがあった。ジュリアが嫁ぐことが決まっている隣国、ラスペード王国と共同で採掘を始めた鉱山を狙って、怪しい男たちが侵入しているというのだ。

　国境付近に鉱山が発見されて以来、無用な争いを避けるため、周辺国にあらゆる提案を行ってきた。鉱山によって得た利益の一部を使って土地の整備を行い、生活環境を向上させるというその提案は、周辺国に好意的に受け止められている。

　そんな経緯を経て順調に採掘が始まったというのに、やはり鉱山を狙う悪党はいるものだ。今のところ大きな被害は出ていないが、採掘場周辺を探る動きを見せる怪しい者たちが何度か確認されているという。

　レオンは顔をゆがめ、両手をぎゅっと握りしめる。

「周辺国すべてを豊かにするための鉱山だ。邪魔はさせない」

　即位はまだだが、既に国王に代わって公務にあたっているレオンは、王太子としてではなく一国のトップとしての自覚が生まれていた。

「殿下……？」

　考えにふけっていたレオンの背後に、優しい声が響いた。ハッと振り返ると、レオンの様子をうかがうサヤの姿があった。

「どうかなさいましたか？　何度か声をおかけしたのですが、お気づきにならないので……」

心配そうに見つめるサヤの姿に、殺伐としていたレオンの心はすっと落ち着いた。

「いや、なんでもない。ちょっと考えごとをしていただけだ」

レオンはベランダから部屋の中に戻ると、戸口に立つサヤに近づいた。

「庭園でのおしゃべりは楽しかったか？」

「え？　あ、もしかして、バルコニーからご覧になってましたか？」

「ああ。侍女たちと笑ってるサヤに見とれていたんだ」

「見とれて……って、あの、冗談はやめてください」

サヤは照れて、頬に手を当てた。手の間から見える肌だけでなく、耳や首まで赤くなっている。

レオンはサヤの前に立つと、うつむく顔をのぞき込んだ。

「幸せそうに笑っていたのはこの顔か？」

レオンは指先でサヤの顎をつかむと、そのまま上を向かせた。

慌てたサヤは、恥ずかしげに視線を逸らす。まっすぐでキレイなピンクブロンドの髪がさらりと揺れ、ほんの少しサヤの頬にかかった。

レオンはもう一方の手でその髪を払うと、顔を近づけた。

「笑い声は聞こえなかったが、あれほど屈託なくサヤが笑うのを久しぶりに見たような気がした」

レオンはそのままサヤにキスを落とした。かすめるように軽いキスだが、その先を求めるような熱が瞳に浮かんでいる。

「王妃教育が忙しいのはわかるが、俺もサヤの笑顔が見たい」

婚約した途端、レオンは即位に向けての準備が始まり、城を空けることが多くなった。早々に公務をレオンに引き継ぎ夫婦水入らずの時間を充実させているラルフに代わり、他国の視察や国事に出席する機会が激増したためだ。結婚すればサヤを伴うともできるのだが、今はまだレオンひとりでこなしている。

サヤも毎日のように王城に来ているが、王妃教育が続いていて、レオンと顔を合わせる時間はかなり少ない。今こうして話すのも五日ぶりだ。

「少し痩せたか？」

レオンはサヤを抱き寄せ、そっと背中に手を這《は》わせた。もともと華奢な体がいっそう細くなっているとわかり、レオンは眉を寄せた。

ふたりが婚約してからというもの、レオンは当然のようにサヤの体に触れるようになった。王城でふたりきりになれば自然にサヤを抱き寄せ、キスを落とす。初めてのときは驚きのあまり呼吸も忘れたサヤだったが、何度か交わすうちに、抵抗することもなくなり、自然に応えるようになった。

子どものころから広い森を動き回っていたサヤの体は引き締まっていて、どちらかといえば女性特有の柔らかさには欠けている。それが彼女の悩みでもあるのだが、レオンのたくましい体に比べれば優しい線を帯びた体は十分女性らしい。

「食事をとる時間もないのか？　王妃教育なんて、王妃になってからでも間に合うんだ。ペースを落とすようにジークに言ってもいいんだぞ」

レオンはサヤを腕の中に収めると、彼女の頭に顎をのせた。

「いえ、大丈夫です。ジークさんも気遣ってくださるのですが、予定どおり進めていただくようにお伝えしているんです」

「だが、体を壊しては王妃どころではないぞ」

「ですが、私はなにも身についていなくて、このままでは必ず殿下に迷惑をかけてしまいます。それに、先生方も一生懸命教えてくださるので、私も頑張らないと」

レオンに抱き込まれ落ち着かない声で答えるサヤに、レオンは苦笑した。

「頑張りすぎだと聞いてるぞ。既に王家の歴史については完璧で、礼儀作法もほぼ身についていると褒めていた」

「そんな、私なんてまだまだです。ジュリア様のように華やかなドレスも似合いませんし、仕草や動きもぎこちなくて……。王家の歴史も、ただ覚えただけで、社交の場で話題にのぼっても話についていけるのかどうか自信がありません」

か細い声でつぶやくサヤに、レオンはのどを震わせ笑った。

「俺だって話についていけないぞ。王家の歴史のなにが重要なのか、未だにわからないままだ。それに、ジュリアをまねることもないんだ。あいつは生まれたときから王女だから、所作も自然に身についている。ドレスだって、着る機会が多かったから、自分に似合うドレスがどういうものなのかわかってるんだ。自分をよく見せる着方も、逆に似合わないデザインや色もちゃんと知ってるから失敗しない。それだけだ」

レオンはサヤを励ますように彼女の背中をポンポンと叩いた。自分の腕の中で小さくなっているサヤがかわいくてどうしようもない。

「だけどそうだな。ジュリアには感謝しているな」

「感謝、ですか？」

レオンの声に、サヤはそっと顔を上げた。

「ああ。欲しいものを堂々と欲しがることは悪いことじゃないと、態度と言葉で教えてくれたからな。図々しくて面倒くさいが、あいつが必死にステファノ王子との結婚を望む姿を見て俺も……」

そこまで話したレオンはいったん口を閉じ、サヤの顔を優しく見つめた。

「お前は森で俺を見かけると、すぐに背を向け去っていったな」

「あの、それは」

サヤは首をかしげた。ジュリア王女の話をしていたというのに、どうして今そのことを口に出すのかわからない。

「何度も背中を見せられて、俺はどれだけ嫌われているんだと落ち込んだな」

「そんなことありません。まさか嫌っているなんて、誤解です」

レオンの落ち込む声に、サヤは慌てて反論した。

「嫌うわけがありません。森では殿下がおひとりになりたいのではないかと思っていただけで」

サヤはだらりと下げたままにしていた両手をレオンの胸に置き、体を寄せた。

「私も殿下の近くに行き、声をおかけしたかったのです。ですが、王太子殿下に気安く声をおかけするわけにもいきませんし」

「本当か？　それにしてはあっという間にいなくなっていたな」

眉を寄せたレオンに、サヤは必死で首を横に振った。

「本当です。森に入るたび、今日は殿下に会えるかもしれないと期待して、お会いできなかった日はがっかりしながら家に帰ったんです」

「へえ。森で俺を探していたのか？」

顔を赤くし必死で話すサヤに、レオンはからかうように問いかける。

「はい、いつも探しておりました。クスノキの近くに行くといつもドキドキしていました。それに、もしも他国に嫁ぐことになれば、森で殿下をお見かけすることもできなくなると思って……。だから、私に結婚の話があると聞いてビクビクして……ずっと森で生きていきたいと考えていたんです」

サヤの言葉に、レオンはぴくりと目を細めた。

「他国に嫁ぐ、だと？」

「え……あ、はい。陛下が私の嫁ぎ先をお決めになると聞いて……」

「俺がそれを許すわけがないだろう？」

部屋を震わせるほどの低い声が響いた。

レオンは顔をゆがめ、サヤの顔をのぞき込んだ。

「他国になど嫁がせるわけがない。お前は俺の妃になるんだ。他の誰にも渡さない。何度も背中を見せて走り去る姿を見せられて、どれほど苦しかったか」

「殿下……？」

「俺はサヤの背中を見たくて森に行っていたわけじゃない。俺だって、今日はサヤに会えるだろうか、今日は逃げずにいてくれるだろうかと思っていたんだ」

レオンの唇がサヤの目元に落ちた。

「王家の森を管理しているルブラン家の女性はサヤ以外にもたくさんいるが、俺はサヤの姿をいつも探していた」

「……それって」

戸惑うサヤの頬を、レオンの手のひらがそっと包み込んだ。

「背中じゃない、俺はこの顔をずっと見たかったんだ。走り去るお前を何度追いかけようとしたことか」

「嘘……」

レオンの唇がサヤの頬をくすぐり、そのまま顎へと下りていく。その間もレオンの視線はサヤの目から離れず、サヤはレオンの体にすがりついたまま、与えられる刺激に何度も反応する。

「だが、欲しい物を欲しいと言わずに大人になった俺は、あきらめるほうが慣れているんだ。たまに森で見かけるだけで満足しようと考えていたんだが」

レオンはそこで言葉を区切り、ゆっくりと顔を上げた。

頬に感じていた熱が去り、サヤは寂しさを覚えた。視線でレオンを追えば、重なるように彼の視線が向けられた。

「俺が自ら動かなければ、ルブラン家の本家の生まれではないサヤが王妃として召し上げられることはほぼない。そして、いずれサヤは陛下の命に従って俺以外の男と結婚する。そんなこと受け入れられるわけがない。だから、もう背中ばかりを見るのは終わりにすると決めた」

「殿下、あの」

言い聞かせるような力強い声に、サヤの体は震えた。

それを知ってか知らずか、レオンは意味ありげに笑った。再びサヤの頬を両手で挟み、顔を寄せる。

「背中ではなくこの顔を毎日愛でるために、サヤと結婚する。他国になど嫁がせるわけがない」

言葉の甘さとは逆の鋭い視線を向けられ、サヤは息を詰めた。

「いっそ森の離宮に閉じ込めてしまおうかと考えたときもあったが。それは、まあ冗談としても」

レオンは小さく笑い、黙り込むサヤに軽くキスをした。

「欲しいものをちゃんと欲しがらなければ、俺はいずれ壊れるとジュリアに言われたが、その意味が今ならわかる。自分の立場を理由にサヤをあきらめれば、いずれ後悔し、俺は壊れてしまう。王としての責任だけを果たす人形のようになるはずだ」

甘い言葉を口にするレオンに、サヤの頬は次第に熱くなる。頬どころか色白の体全体が熱を帯びているように赤く染まっていく。

「殿下、私は……王妃としておそばにいてもいいのでしょうか……」

不安げに問いかけるサヤの言葉からは、それを願う彼女の切実な思いが感じられ、レオンは「もちろん、なにも悩むことはない」と大きく笑った。

「王妃として、俺のそばにいるのはお前だ。俺は、それを心の底から望んでいる」

「は……はい」

レオンの言葉に、サヤは潤んだ目を大きく開き、コクコクとうなずいた。

「まだまだ力不足ですが、殿下のお役に立てるよう努力します……」

サヤは真面目な声でそう言って、レオンにはにかんで見せた。レオンの言葉がよっぽどうれしいのか、これまでで一番の柔らかな表情を浮かべている。

その顔があまりにもかわいらしく、レオンは思わずサヤの体を抱き寄せた。

するとサヤの足から力が抜け、倒れ込むようにレオンの胸に飛び込んだ。おまけに勢い余ってレオンの足を踏みつけてしまった。

「あ、あの、申し訳ございません」

サヤは慌てて体勢を整えるが、レオンの手は彼女を抱いたまま離そうとしない。

「足は大丈夫ですか？　思い切り踏んでしまって、すみません」

「大丈夫だ、サヤのように華奢な女性に踏まれてどうこうなるほどひ弱じゃない」

「ですが、あの、痛みが出るようでしたらお薬を……」

相変わらず心配そうな顔を見せるサヤに、レオンは苦笑した。

「心配しなくてもいい。それに騎士団にいたときには、訓練でイザベラに技を教えていると、踏みつけられたりぶつかられたりすることも多かったんだ。だから、イザベラよりもずっと軽くて小さなサヤに踏まれても、なんともないから気にするな」

レオンの言葉に、サヤの体が小さく揺れ、表情が曇った。

「おまけにイザベラはダンスのときにもまるで戦いを挑むように踊るから、何度も踏まれたし……足の甲に青あざを作ったことなんて数えきれないんだ」

王家主催の舞踏会で踊るレオンとイザベラの姿は有名で、美しいふたりを見るために舞踏会に出席する貴族は多かった。

女性騎士として凛々しい姿を見せるイザベラが、ルブラン家の娘として舞踏会に出席するときに見せる姿は、一転して華やかな貴族の娘そのもので、周囲からの注目を一身に集めていた。

本人も周囲からの視線を楽しみ、わざと派手なドレスを身に着け、必要以上にレオンのそばに寄り添っていた。イザベラのいたずら心なのだが、レオンがなにも言わないのをいいことに、周囲からお似合いのふたりだと噂されるのを面白がっていた。

レオンは、そんなイザベラに面倒くささを感じつつも、特になにも言わず好きにさせていた。どうでもいいと言えばそれまでだが、イザベラの存在はレオンにとって単なる同士であり、ジュリアの警護担当。それだけなのだ。

「イザベラ……」

レオンの楽しげな声に、サヤはぽつりとつぶやいた。

「強気で頑固なジュリアもイザベラの言うことなら聞くんだ。まあ、渋々ってところだが」

わがままというわけではないが、自分の意志を強く持つジュリアの頑固な性格に唯一負けることのないイザベラに、レオンは一目《いちもく》置いている。

「イザベラは、殿下と……」

サヤはレオンの胸に顔を埋め、小さな声でつぶやいた。

「ん？　イザベラ？」

胸元に響いたサヤの声に、レオンは視線を向けた。

「イザベラなら知ってるだろ？　ルブラン家の若い女性の中では〝動の女神〟として知られてるからな」

「はい……」

美しき女性騎士としていくつもの功績を上げているイザベラを、人々はそう呼んで称えている。もちろん、サヤもそのことは知っていて、イザベラを尊敬している。

一方、王家の森について誰よりも深い知識を持ち、王家への忠誠だけでなく城下の者たちの健康にも気遣いをみせるサヤは〝静の天使〟と呼ばれ慕われている。イザベラの堂々たる美しさとは逆の、控えめながらも端正な美しさは天使のようで、〝森の天使ちゃん〟とも。

「俺は、天使のほうが断然いいんだけど。というより、天使しかいらないし」

ぼそぼそとつぶやくレオンの言葉がうまく聞き取れず、サヤは視線を上げた。

「天使……？　なんのことでしょう？　すみません、ぼんやりしていて聞き取れなくて」

「あ、いや、いいんだ。大したことじゃない……こともないが。単なるひとりごとだよ」

レオンは慌ててごまかすと、サヤの顔をじっと見つめた。

確かに天使と呼ばれるだけあって、かわいい。そして愛しい。

強く望み、ようやく手に入れたサヤは今後、誰の天使でもない、自分だけの天使になる。結婚式が待ち遠しい。一刻も早くサヤを妃として迎え、国王夫妻に負けないほど愛し合いたい。

妃としてレオンのそばにいたいとサヤがようやく口にしたことに気をよくし、彼女の表情が曇っていることに気づかないまま、レオンはそんな未来を想像していた。

第四章
ビオラの刺繍と洋ナシのパイ

サヤの王妃教育は順調に進んでいた。朝早くから王宮を訪れ、その日に予定されているものをひとつひとつ真面目にこなし、周囲からの期待に応えていた。

王家の歴史についてはレオンが子どものころに家庭教師としてついていた女性が呼ばれ、サヤを厳しく教育した。本来なら王妃になることを想定し学び終えているはずの内容だ、わざわざ特別に教えてもらえることにサヤは申し訳なさを感じ、必死で学んだ。

礼儀作法についても、女官メリーが時間をかけ丁寧に教えた。

ジークと同様長く王城で働くメリーは、王族の面々にもしっかりと自分の意見を述べることができる最古参の女官だ。

いずれ王妃になる身、相手に対して必要以上に立場を強調する必要はないがへりくだってはいけない。王妃の言葉や態度ひとつが国王の評価にもつながる。お辞儀の仕方や歩き方、そして晩餐会《ばんさんかい》での食事の仕方もメリーに叩き込まれた。

レオンと並ぶときの距離感や視線の向け方、そして国民の前に立つときの手の振り方など、細かなことまで覚えなければならなかった。

これまで森のことしか考えず、自分自身のことも含め、国全体のことなどなにも知らなかったことにサヤはひどく落ち込んだ。ファウル王国を支えている鉱産物の種類や、他国との交易で人気がある織物については知っているつもりでいたが、なにもわかっていなかったと気づいた。

また、製糸業が盛んなファウル王国では、女性では刺繍や編み物ができるのが当然だと思われていて、誰もが嫁入りのときに自分が使い慣れた刺繍道具一式を運び入れることも、初めて聞いた。

王家の森以外のことについてはまるっきりダメだと日々実感し、沈む気持ちを叱咤《しった》しながら王妃教育を受けている。

そんなサヤの努力に対して、教育担当の面々は、彼女の素直な性格と何事にも真摯に取り組む姿勢に好感を持ち、熱意を込めて教えた。

そして、お妃教育が始まって二カ月が経ち、サヤは着実に王妃として必要な知識と礼儀作法を身につけ、周囲をホッとさせていた。

そんな中、サヤは刺繍を教えてもらうためにジュリアの部屋を訪れた。サヤは刺繍も編み物も苦手で、ジュリアに教えてもらうことになっているのだ。

けれど、部屋を訪ねれば、ジュリアは疲労による体調不良で寝込んでいると侍女から教えられた。

結婚式を控えたジュリアはその準備で忙しく、食事もおろそかにしていた。もともと食べ物の好き嫌いが多いせいで体調を崩すことが多かったが、その都度サヤは薬草を煎じて飲ませていた。

「ジュリア様は洋ナシのパイがお好きだから、食欲がなくても少しくらい食べてくださるかしら」

サヤは王家の森の果樹園に、ジュリアが好きな洋ナシを採りに行き、料理長にお願いをしてパイを焼くことにした。

「おいしそうに焼き上がりましたね。これならジュリア様も喜んで食べてくださいますよ」

焼き窯から料理長が取り出したのは、焼き上がったばかりの洋ナシのパイだ。

ほんのりと茶色い焼き目がつく程度に焼いたパイは、生地がサクサクとしていて、歯ごたえもなかなかのもの。カスタードクリームの甘さと洋ナシの酸味が絶妙なバランスを生み出している。

「サヤ様は本当にお料理やお菓子作りがお上手ですね。先日のシュークリームやマカロンも絶品でした」

料理長は、テーブルに用意していた大きな木皿にパイを乗せた。キッチンに甘い匂いが広がる。

「ジュリア様、お薬はちゃんと飲んでくださったのかしら。いつも薬草の匂いをかいだだけで飲みたくないと言ってお医者様を困らせてらっしゃるけど……」

「お飲みにならなかったらしいですよ。侍女たちが困ってました」

肩をすくめる料理長に、サヤも眉を寄せた。

「やっぱり。いつも駄々をこねてお飲みにならないし。ご結婚されたらそうもいかないから心配だわ……」

ジュリアは薬が嫌いで、体調を崩したときにもなかなか口にしようとしない。どれほど熱が高くても、『ひと晩寝れば治るわよ』と言っては頑なに薬を拒む。

「とにかくちゃんと食べて、体調を戻してもらわないと」

まずは体力をつけてもらわなければ、とパイを切り分けた。

「温かい紅茶も用意しましたので、侍女に運ばせましょう」

料理長の言葉に、サヤはうなずいた。

ジュリアはパイを見た途端、ベッドから起き上がり大きな笑顔を見せた。

王家は美形ぞろいだが、ジュリアの美しさは格別だ。腰まで伸ばした絹糸のようになめらかなブロンドの髪は、歩けば艶やかに波打ち、誰もが振り返る。

小さな顔にバランスよく配置された大きな目と、すっとした鼻。ほどよく厚みのある唇は、なにもしなくても赤みがさしている。

強い意志を持つ表情で見つめられれば、一瞬でジュリアのとりこになってしまう。

生まれつきの王女とはジュリアのことだと、会うたびサヤは思う。

「やったあ。体調が悪いとおいしいものを食べられるからうれしい」

侍女がパイと紅茶を用意するのを見ながら、ジュリアはベッドから降りた。

サヤは、王女であるジュリアなら、高価なシルクのパジャマを着ているようなイメージを持っていたのだが、普段自分が身に着けているような簡素な生地のパジャマを着ていて驚いた。

けれど、それには小さな花の刺繍が丁寧にほどこされていて、シルク以上に素敵なパジャマに見える。

さすがジュリア王女だと感心していたサヤは、部屋の真ん中にあるテーブルに駆け寄るジュリアを見て慌てて声をかけた。

「大丈夫ですか？　体がつらいようでしたらベッドにお運びします」

「大丈夫大丈夫。おいしいものはちゃんと椅子に座ってゆっくりと食べたいもの」

「ジュリア様、せめてこちらを着てくださいませ」

侍女がジュリアにガウンをかけた。

細い毛糸で編まれたそのガウンは極彩色とも言えるほど色鮮やかで美しい。くるぶしまであるゆったりとしたデザインだが、手編みのようだ。

「キレイ……」

侍女が引いた椅子にゆっくりと腰かけるジュリアの姿をまじまじと見ながら、サヤはつぶやいた。

オレンジを基調とし、緑や黄、赤といったはっきりとした色が強く目に入る。

「フフッ。上手に編めたでしょ？　この毛糸はね、こっそり製糸工場に行って、職人たちと染色をして色を作ったの。この色を作り出すまでに三年かかったわ」

「え、染色？　三年？」

サヤはジュリアの言葉に驚いた。

「ジュリア様が製糸工場で、ですか？」

「そうよ。もともとは刺繍用の糸で、どうしても欲しい色があったから作ってもらおうと思って工場に行ったのがきっかけなんだけど」

ジュリアはそう言いながらも、目の前の洋ナシのパイが切り分けられた途端、フォークを手にとり食べ始めた。

「おいしいっ。パイの中でこれが一番大好き。洋ナシってそのまま食べてもおいしいけど、パイにしたほうが断然おいしい」

「……そうですね」

勢いよく食べるジュリアの姿にサヤはホッとした。

これだけ食欲があれば、体調もすぐに戻るだろう。薬もちゃんと飲めばさらに早く回復するはずだが、ジュリア様が素直に飲むとは思えない。

「ジュリア様、ゆっくりとお食べください。そこにあるパイはすべてジュリア様のものですから」

ジュリアは口の周りにパイの欠片をつけながらもぐもぐ食べている。まるで急いで食べなければならないかのように必死だ。

「あ、落ちましたよ」

ジュリアの膝の上に大きな欠片が落ち、サヤは駆け寄って拾った。

欠片を侍女に渡すと、間近で見るガウンの色合いに再び目を奪われた。

「本当に素敵……」

　よく見れば紋章のような模様が規則的に続いている。

　感心するサヤに、ジュリアはうれしそうに胸を張った。

「一週間くらいかかりきりでね。おとといの晩ようやく完成したと思ったら、体調を崩しちゃって。徹夜続きだったから疲れてたのよね。夕べいっぱい寝たし、洋ナシのパイも食べたからもう大丈夫よ」

「徹夜続き……」

　だったら体調を崩すのは当たり前だ、とサヤは眉を寄せる。

「そうなの。ようやく望みどおりの毛糸ができて、うずうずしちゃって。この一年は、思うような色がなかなか出せなくて、染色の職人と一緒に工場であーでもないこーでもないって四苦八苦してたから、うまくいったときにはみんなで抱き合って大喜びしちゃった」

「はあ」

　勢いよく話すジュリアに、サヤは言葉を挟むことができない。

「うれしくてついつい編み続けてしまったの。あ、ステファノ王子にもおそろいで作ったから、本当、疲れたわ」

疲れたと言いながらも満足そうに話すジュリアは、とてもすっきりとした表情を浮かべている。よっぽど編み物が好きなのだろう。

思いがけないことばかりを聞かされ、サヤは黙り込んだ。

ジュリアの刺繍の腕がかなりのものだというのは周知の事実だが、編み物まで得意だとは知らなかった。市で売ればすぐに買い手がつきそうなほどの出来映えだ。おまけに製糸工場に自ら出向き、職人と共に染色にまで関わっていたとは。

サヤは再びジュリアのガウンに視線を向けた。細い毛糸で編み上げてあるが、模様を出すためにはかなりの手間がかかっているだろう。

刺繍も編み物も苦手なサヤには到底作れそうになく、思わずため息が漏れた。

「ジュリア様、本当に器用ですね。私にはとても作れません。それに染色なんて、ちんぷんかんぷんです……」

するとジュリアは、まんざらでもない表情を浮かべた。

「そうね。刺繍と編み物は大好きだし誰にも負けない。何時間没頭しても苦じゃないし。まあ、お勉強は嫌いだったけど、刺繍が得意なおかげで交易の役にも立ってるから、お父様たちも目をつぶってくれたし」

フフッと肩をすくめるジュリアに、サヤも小さく笑った。

「ごちそうさま。これで元気が出た。薬草なんかより、サヤが作ってくれるパイのほうが絶対に体にいいわよ」

「ですが、お薬も合わせて飲めばもっと早く元気になりますよ」

サヤの声にジュリアは顔をしかめ、首を振った。

「飲まないと絶対に病気が治らないっていうなら飲むけど、自分の力で治るなら、時間がかかってもいいから飲まない。あの苦さはまるで毒よ」

「毒って……確かに苦いですけど」

大きな声で言い切ったジュリアに、サヤは返す言葉もない。薬草の効果はもちろん認めているが、ジュリアが言うように飲みづらく苦いのも確かだ。サヤ自身、飲まずに済むのならば飲みたくはないのだ。

あまりにも素直にそのことを口にするジュリアを、うらやましく思った。

レオンが言っていたように、生まれながらの王女であり、どうあれば自分が王女たるべく生きられるかを自然に身につけてきた彼女と、突然王族の仲間入りをすることになったサヤでは、見た目も中身もまるで違う。改めてそれを見せつけられたような気がした。

視界に入るのは極彩色のガウン。サヤには決して作ることのできないもの。

イザベラに対する劣等感に加え、ジュリア王女へのうらやみ。沈む気持ちをどうすることもできず、ガウンの色鮮やかな模様をぼんやりと見つめた。

「そんなにこのガウンが気に入ったなら、編んであげるわよ？　そうね。結婚祝いにお兄様とおそろいのケープを編んであげる」

じっとガウンを見つめるサヤに、ジュリアは明るい声をあげた。

「サヤとおそろいだったら、お兄様もきっと喜ぶわね。でも、顔には絶対出さないし、サヤとふたりきりのときにしか身に着けてもらえないだろうけど」

「あ、あの、とんでもございません。ジュリア様に編んでいただくなんて」

サヤは胸の前で両手を横に振って断った。

「いいのいいの。私の得意なものってそれくらいだし。私がステファノ王子と結婚できるようにお兄様が後押ししてくれたしね。それに……編み物や刺繍に集中していると他のことを考えなくて済むから……。あ、ううん、なんでもない」

一瞬、ジュリアの声とは思えない沈んだ声が聞こえたが、彼女はすぐに明るい表情を浮かべると、話題を変えるように言葉を続けた。

「私もサヤみたいにこの洋ナシのパイが上手に作れるなら、いくらでもステファノ王子に焼いて差しあげるんだけど、お料理もお菓子作りもまるっきり。キッチンを荒らすだけ荒らして使用人たちを困らせるだけだから二度とキッチンに入るなって怒られちゃったくらい」

ジュリアは恥ずかしそうに肩をすくめた。

サヤはジュリアを見つめながら、彼女が背負う寂しさを思った。

ジュリア様はきっと、あふれる不安を紛らわせるために編み物に熱中していたのだろう。

私にも、ほんの少し前までは王命によって他国に嫁ぐ可能性があった。そのことを考えるたび、寂しさと不安で心がつぶれそうだった。

例えジュリア様の結婚が、本人が望み、愛する人との幸せなものだとしても、母国を離れ、見知らぬ土地、それも王家に嫁ぐのだ。心配がないわけない。体調を崩すほど徹夜を重ねて編み物をしていたのも、そんな悩みを忘れるためだったのかもしれない。

それはまるで、王家に嫁ぐ不安を少しでも小さくするために王妃教育に必死で取り組んでいる自分のようだ、とサヤは感じた。

そのとき、テーブルに残されているパイを見ながら、あることを思いついた。

「ジュリア様、もしよろしければ、洋ナシのパイの作り方をお教えいたしましょうか？」

「え、本当？」

「はい。私からお願いして、キッチンをお借りします。洋ナシは今が旬で、森にたくさん実っていますから、何度でも作れますよ」

余計なことかもしれないと思いながら、サヤはジュリアの答えを待った。

「えっと、サヤが想像している以上に私のお料理の才能のなさは格別で、『二度とお鍋に触るのは許しません』ってお母様にも言われたくらい。……大丈夫？」

恐る恐る視線を向けるジュリアに、サヤは笑顔を浮かべ何度もうなずいた。

「城下の子どもたちにもよく教えていたんです。だから大丈夫ですよ」

「子ども……よりも才能がない自信があるんだけど。でも、頑張るから教えてほしい。あの、あの……。実は、ステファノ王子もこのパイが好きなのよ。だから、作ってあげたいし……」

ジュリアは膝の上に両手を置き、真っ赤な顔でうつむいた。

「そういえば、ステファノ王子はマカロンも好きなんだけど……」

ジュリアの上目遣いの言葉に、サヤは苦笑した。

「はい。私も大好きですし、作れますよ。パイとマカロン、両方チャレンジしましょうか」

「うん、頑張るからよろしくね。あ、お兄様が知ったらきっとからかうから、内緒にしておいてね」

「フフッ。わかりました。内緒にしておきます」

ジュリアの必死な様子に、サヤは笑いをこらえた。

すると、ジュリアはハッとしたように両手を叩いた。

「ねえ、そろそろお兄様が即位式のときに着る軍服が出来上がるころよね」

「あ、それは私にはわかりませんが……採寸のときには私も同席しました」

レオンとサヤが婚約してすぐ、ふたりは即位式で着る軍服とドレスの採寸をした。

王位即位のときに着る濃いブルーの軍服はレオンの目の色に近く、きっと似合うだろうと、サヤは出来上がりを期待している。

当日サヤが着るドレスは、レオンの軍服と同じブルーの落ち着いたドレスに仕上がるらしい。ウェディングドレスも同時に決まったのだが、最高級のシルクをふんだんに使った豪華なものになるということで、サヤはそれほど高価なものが自分に似合うのだろうかと今から不安だ。

「あの、殿下の軍服が、なにか？」

ジュリアが突然軍服の話を始めた理由がわからず、サヤは首をかしげた。

「軍服の袖の裏側に刺繍をすること、聞いてる？」

「刺繍、ですか？　なんのことかわからないのですが」

サヤの戸惑った声に、ジュリアは顔をしかめた。

「あー、やっぱり？　忙しくて伝えるのを忘れていたか、それとも言わなくてもサヤなら簡単にできちゃうってみんな思ってるのかも」

心配げなジュリアに、サヤは不安を覚えた。

「簡単って、あの、もしかして刺繍ですか？」

「そう。サヤがお兄様の軍服に刺繍をするのよ」

「私が……私が？　え、できません。無理です」

ひどく驚いたサヤは、思わず大きな声をあげ、後ずさった。

「……予想どおりの反応、ありがとう」

サヤのあまりの慌てぶりに、ジュリアはクスクス笑った。

「無理だとしても、新しい王妃の最初の仕事だもの、やるしかないのよ。それに刺繍といっても、袖口の裏側に紫のビオラの刺繍をするだけ。すぐにできるわよ」

「そんな……ジュリア様は刺繍が得意だから簡単におっしゃいますけど、私、刺繍も編み物もまったくできないんです」

「そのことはダスティンから聞いたわ。サヤがお兄様と結婚することになって、まずそのことが気がかりだってひどく心配してたわよ」

「父が……」

ジュリアは「やっぱり父親ね、娘のことがよくわかってる」と笑った。

サヤはそんなジュリアの軽口に反応できないほど、頭の中は刺繍のことでいっぱいになった。

すると、ジュリアは混乱しているサヤを落ち着かせようと、刺繍の意味を話し始めた。

「あのね、即位式では、新しい国王が国のさらなる繁栄と国民の幸せを誓うんだけど、同時に、王妃も国王を支えることを誓うのよ」

ジュリアは言葉を区切り、サヤが硬い表情でうなずくのを確認した。

「はい、それは王妃教育が始まってすぐに教わりました」

ジュリアは口元を和らげ、再び口を開いた。

「王妃が国王を支える最初の仕事が、軍服への刺繍なの。国の繁栄も大切だけど、まずは国王の健康を願って、軍服に国花である紫のビオラの刺繍をするの。ひと針ひと針、丁寧に、気持ちを込めてね。そうしている中で、王妃になる覚悟も生まれるし、国王がこの先ずっと健康で、そして、戦で軍服を着る機会がないように……。願いを込めて」

「戦……」

サヤは、その言葉に鋭く反応した。

長きに渡り平和な時間が流れ、近隣諸国との関係も良好だ。その穏やかな時間の中でも騎士団の訓練は厳しいと聞いていたが、その成果が実践で発揮されることはないのだろうと、根拠なく思っていた。

けれど、鋭い視線と畳みかけるような口調で『戦』という言葉を口にしたジュリアの表情から、それは安易な考えなのだと感じた。

「もちろん、戦がない世がこの先ずっと続けばいいと誰もが願っているわ。そのために努力を重ねているし、話し合いもある。私がラスペードに嫁ぐのも、結局は両国の関係を良好に保つ契約のようなものだし。……私は人質ともいえるのよね」

普段の軽やかな口調とは違う静かで落ち着いたジュリアの言葉に、サヤはハッと視線を上げた。

レオンとの結婚を軽々しく考えていたかもしれない。

そう気づいた途端、刺繍が苦手だと駄々をこねていた自分は、王妃になる覚悟が本当にできていたのだろうかと怖くなった。

「そんな深刻な顔をしないでよ。同じ人質になるなら、愛する人の人質になるほうがいいでしょ？　そう思えば、私はかなり幸せよね。それに、私って意外に強いのよ。少々のことじゃへこたれないもの。例えラスペードにステファノ王子を狙ってる貴族の娘がいたとしても、蹴散らしてやるんだから」

ジュリアはサヤの硬い表情を和らげるように、いつもの明るい声をあげた。

「ジュリア様……。ステファノ王子はジュリア様に夢中ですから、他の女性のことなど目に入りませんよ」

サヤは泣きそうになるのを我慢しながらそう言った。

「もちろんそうよ。ステファノ王子は私のことが大好きで仕方がないの。早く結婚式を終えて、あれやこれや……フフ。いろいろ楽しもうねっていつも話してるわ」

決して弱音を吐かないジュリア様は、例え体調が悪くとも、そしてパジャマ姿でも、王女然としていて美しい。きっと、王族としての自覚が根付いているからだろう。

自分もそうなれるだろうか。ジュリア様のように凛々しさと強さをあわせもつことができるだろうか。国の未来を考え、戦のない世を続けていくため、レオン殿下を支えていけるだろうか。

心の中で何度も繰り返すが、すぐには答えを出せそうもない。

「サヤが不安なのは刺繍だけじゃないと、わかってるんだけど」

サヤの心を察しているような、ジュリアの優しい声が部屋に響いた。

「お兄様との関係だって、これから築いていかなきゃならないし、王家のこともたくさん勉強しなければならないと思うけど、まずはビオラの刺繍から始めましょう。ひと針刺すごとに、きっと気持ちが落ち着いて強くなると思う。なにより、お兄様が喜ぶわ」

「……そうでしょうか」

「もちろん。だってお兄様は自ら望んでサヤを……。いえ、私が口にすることではないわね。とにかく、王妃としての最初の仕事だもの、頑張りましょう。私がここにいる間にみっちり教えてあげるから大丈夫よ」

力強い言葉と共に胸を張るジュリアに、サヤは力なく笑った。

王城の東側に、ジュリアの作業部屋と呼ばれる広い部屋がある。日差しが燦々《さんさん》と降り注ぐ明るい部屋には、ファウル王国の特産でもある糸を始め、たくさんの布が用意されている。

制作途中のドレスがボディに着せられていて、ジュリアが洋裁にも本気で取り組んでいたと知り、サヤは驚いた。

「それにしても、すごい量の布と糸だわ……」

一生かかっても使い切ることができそうもない量が保管されている。中でも光沢豊かな極上のシルクは、ファウル王国でしか作ることのできない繊細な仕上がりで、交易で得る利益のかなりの部分を担っている。手触りのよさは格別で、ウェディングドレスに使われることも多い。

サヤのウェディングドレスもこのシルクが使われるのだが、国内でも一番腕のいい織物職人が織り上げたシルクが用意された。

棚にキレイに並べられているシルクの手触りを楽しみながら、サヤはそろそろ出来上がるというウエディングドレスを思い、そっと微笑んだ。

部屋の壁一面に据え付けられている棚には、他にもキレイなボタンやビーズ、たくさんの布や毛糸、そして刺繍用の糸が並んでいる。

最近ジュリアが職人と染色に励んだという毛糸を見つけ、彼女が編んだガウンの華やかさを思い出す。

「あれほど大きなものは編めないけど、せめてマフラーくらい編みたいな……」

原色が目に鮮やかな毛糸の棚を通り過ぎると、欲しいものが並んでいる棚を見つけた。

「これだわ」

色ごとに丁寧に仕分けられた糸はかなりの量で、天井まである棚にぎっしりと置かれている。部屋の真ん中にある作業台を使えばすぐにでも刺繍ができる。

サヤは棚から刺繍糸をひと束取り出した。艶のあるそれは、とても柔らかで繊細だ。濃い紫の糸は、紫のビオラの刺繍にぴったりで、いくつかのグラデーションを作るために、少しずつ淡く変化する色も手に取る。

「糸を見るだけで緊張するんだけど……」

刺繍用の針や針山も探し出し、サヤはため息をついた。

ジュリアから、自分がずっと使っていたこの部屋も部屋の中にあるものもすべてサヤに譲ると言われ、全力で断った。しかしジュリアは、結婚すればこの作業部屋を使うことはないから、と強引に話を進めた。

そしてジュリアはすぐにジークを呼び寄せ、サヤを作業部屋に案内させた。

ジュリアも一緒に来て部屋の説明をしようとしたのだが、彼女がここに来ればすぐに刺繍を始めるはずで、まだ体調が戻りきらない彼女はジークに止められたのだ。

『何事もこつこつ頑張れば、上達するものよ。刺繍だって同じ。お兄様のために、作業部屋で練習練習』

サヤはそう言って笑うジュリアの顔を思い出しながら、作業台に刺繍糸を並べ、そして刺繍針を天井にかざした。

「この針が、思うように動いてくれないのよ。それに、糸もからまってどうしようもないし……」

サヤはこれまでの数少ない自分の刺繍を思い出して肩を落とした。

「だけど、どうしても苦手だし……。森の仕事も忙しかったし……」

言い訳を口にしつつ、それでもやるしかない、と練習用の布を探そうと棚を見回した。

すると、部屋の片隅に大きな籠が置かれているのに気づいた。しゃがみ込み、中身を確認すると、そこには大きさも種類もバラバラの布の端切れがたくさん詰め込まれていた。ジュリアが使った布の残りがまとめられているのだろう。

「端切れなら、気楽に練習できそう」

籠の中から薄手の綿の布を一枚取り出した。ちょうど手のひらくらいの大きさで、ビオラの刺繍の練習をするにはちょうどいい。

「とにかく、やってみよう」

気合を入れるようにつぶやき、立ち上がろうとしたとき、部屋のドアが慌ただしく開き、大きな話し声と共に誰かが中に入ってきた。

サヤは危険を感じ、そのまま身構えた。ここなら作業台やボディの陰に隠れて戸口からは見えないはずだ。

サヤはいざというときに備え、近くにあった裁ちばさみをそっと手に取った。そして、戸口をうかがうように耳を澄ませ、息を詰める。

「頼むよ。イザベラしかいないって、お前もわかってるんだろ？　子どものころから心を許しているのはお前だけなんだ。長い付き合いだから、それくらい言わなくてもわかるだろう」

その切羽詰まった声を聞いて、サヤはハッと体を揺らした。聞き覚えのあるその声は、レオンのものだ。普段聞くことのない焦りを帯びた声に、胸騒ぎを覚える。

「本当、子どものころと変わらず勝手な男ね。いったい、私の人生をどう考えてるのかしら」

レオンの声に続いて聞こえてきたのは、イライラした様子のイザベラの声だった。

サヤは作業台の足元に身を潜め、ふたりに見つからないよう気をつけながら様子をうかがう。

「そ、それは……もちろん、イザベラの幸せも考えてる」

「嘘。レオンは自分のことしか考えてない。サヤは王妃として幸せになるっていうのに、どうして私はレオンの思うがままにされなきゃならないのよ」

レオンとイザベラは向かい合い、言い争っている。

後ろ姿ではあるが、乗馬服を着ているイザベラのスラリとした姿は女性ながらも凛々しく、サヤは見惚《みほ》れそうになる。同じく乗馬服を着ているレオンと並べば、その美しさは格別で、社交界で評判になるのもよくわかる。

ふたりの親しさは知っていたが、いつも遠目から見ていただけで、会話を直接耳にしたことはなかった。しかし今、強い口調で言葉を交わしているふたりの間には、なんの遠慮もない。

サヤに背を向けているイザベラの表情は見えないが、彼女に必死でなにかを頼んでいるレオンは、なぜか困り切っているように見えた。

戸口で向かい合うふたりの距離がそれほど近くないのが救いだが、ただでさえレオンとイザベラの親しさを知って寂しさを感じているサヤは、ひどく胸を痛めた。それに、意味深な会話はサヤがふたりの関係を疑うには十分だ。

サヤは息を詰めたままうつむき、目を閉じた。

「イザベラには申し訳ないと思うが、そうするのが一番だとお前もわかってるだろ？」

「はいはい。自分の気持ちですら長い間口にすることができなかった見かけ倒しの王太子様だもん。私がどうなろうと構わないわよね」

「そんなこと思ってるわけないだろ。長い付き合いなんだ、大切に思ってるし信頼もしてる。だから、頼む」

荒い口調のイザベラをなだめるレオンの声を聞いて、サヤは唇を引き締めた。

レオンの口からイザベラを大切に思う気持ちを聞かされて、想像以上にショックを受ける。目の奥が熱くなり、声を漏らしそうになるのを必死でこらえた。そして、口にできないレオンの気持ちとはなんだろうかと落ち込んだ。

「あーあ。もう、そうやって頼めば自分の思いどおりにできるってわかってるんでしょう？　本当にずるい」

大きなため息と共に、面倒くさそうなイザベラの声が響いた。

「ずるくてもいいだろ。結局、俺はイザベラに頼るしかないんだから」

「あのねー。私にも私の人生ってのがあって、いつまでもこうしていられないのよ。わかってる？」

「わかってるよ。これが最後で最大の頼みだ。それに、知ってるぞ……ラスペード王国の第二王子が――」

「ちょっ、ちょっと、どうしてそれをレオンが知ってるのよ」

突然聞こえたイザベラの焦った声に、サヤは思わず顔を上げた。

レオンを前になぜか慌てているイザベラの横顔は赤く、照れているようだ。

「イザベラのことなら、なんでもわかるんだよ。騎士の訓練も共に乗り越えたし」

レオンはイザベラの顔をのぞき込むと、笑顔を浮かべた。

イザベラに心を許し、すべてを預けているようなその表情は、サヤの心を大きく揺らした。ふたりがこれまで築き上げてきた関係を見せつけられたようで、疎外感を覚える。ふたりの間には誰も割って入ることができない強い絆《きずな》が見えた。

「な、なによ。私だってレオンのことならなんでも知ってるわよ。立太子の儀の前日、王家の森でずっと待ち続けて、結局会えなく――」

「おい、どうしてそれを知ってるんだよ」

「フフッ。どうしてでしょうね。ちなみに最初に気づいたのはジークなの。雨に濡れて帰ってきたレオンに呆れ返ってたし」

なにを思い出したのか、お腹を抱えて笑いだしたイザベラを前に、レオンはわなわなと震えている。

「まあ、今さら怒らなくてもいいでしょ。結局、レオンの望みどおりになったんだから」

イザベラは、笑いをこらえようと浅い呼吸を繰り返した。

「私はレオン王太子に、というより、王家に仕えるルブラン家の人間だもの、次期国王の頼みを聞かないわけにはいかないのよね」

吹っ切ったように明るく話すイザベラに、レオンは申し訳なさそうにうなずいた。

「イザベラ……ありがとう、感謝する」

「やめてよ、王太子殿下が簡単に謝らないで。それと、ラスペードの第二王子のことは二度と口にしないで」

それまでの軽やかな声と打って変わった鋭い声に、レオンは苦笑した。

「ああ、わかった。だが、俺にできることなら力は惜しまない。頼ってくれよ」

「一応、心にはとめておくけど、世の中にはどうにもならないことがあるってわかってるし。忘れて」

イザベラはレオンの目の前でピシッと人差し指を立てた。

「とにかく、余計なことはしないで。じゃなきゃ、ずっとレオンのそばにいて、いろいろ邪魔してやるんだから」

イザベラは笑いながらそう言うと、勢いよくレオンに抱きついた。

「お、おい、ふざけるなよ。いい加減に……離せよ」

レオンはイザベラを引き離そうとするが、イザベラはぎゅっと抱きつき離れようとしない。

「イザベラ……泣いてるのか？」

レオンはイザベラの頬に流れる涙に気づき、動きを止めた。天井を仰ぎ、大きく息を吐き出す。そして、レオンにしがみついてヒクヒクと泣いているイザベラの背中をポンポンと叩いた。

「イザベラ、頼むぞ」

子どもをあやすようなレオンの声に、イザベラはしゃくり上げながら何度もうなずいた。

「イザベラ……」

ふたりの様子をこっそり見ていたサヤは、初めて見るイザベラの涙する姿に驚いていた。

イザベラは、早々に女性騎士になるべく訓練を始めたため、王家の森の仕事を学び始めたサヤとの接点は少なく、ルブラン家の集まりでも顔を合わせる機会はあまりなかった。それでも、たまに会ったときには気安く声をかけ、サヤをかわいがってくれた。

しかも、ルブラン家の象徴ともいうべき立場をわきまえ、決して気を抜いたところや弱い部分を見せない。

そんなイザベラが、体を震わせ泣いている。それほどまでにレオン殿下のことが好きなのだろうか。私が王妃に選ばれたことで、レオン殿下との関係に悩み、泣いているのだろうか。

「だけど、なんだか違う……」

イザベラを見つめるレオンの表情は決して暗いものではなく、彼女の涙を面白がっているようにも見える。彼女の背中を静かに叩く手の動きは規則正しく、この状況にそれほど心が乱れているようには見えない。

「そろそろ会議に戻ろう。ラスペードの諸侯たちは今日中に帰国する予定だからな」

「……了解」

レオンの言葉にイザベラは顔を上げると、彼から離れ、何度か深呼吸を繰り返した。

「やだな、泣き顔、不細工だよね」

「おまけに泣き声。だけど、相変わらず美しい女性騎士だ。少し弱々しいほうが男にもてるんじゃないか？」

「は？」

くすりと笑ったレオンのお腹に、イザベラは握りこぶしをお見舞いした。

「お、おい、やめろよ。俺は王太子だぞ」

笑い声をあげながらレオンはイザベラから逃げ、そのまま部屋のドアを開けた。そして、後を追うイザベラを振り返った。

「イザベラ、感謝してる。それと、どうしても気持ちが抑えられなくなったときは、いつでも俺を頼ってくれ。いいな」

「……感謝はどんどんして。だけど、これ以上の心配はいらない。私は強いから」

相変わらずの涙声にもかかわらず、そう言って胸を張る毅然《きぜん》とした態度のイザベラは、普段どおりの彼女だった。そして、颯爽《さっそう》とレオンの横を通り過ぎ、部屋を出ていく。

レオンはその後ろ姿に苦笑しながら、静かにドアを閉めた。

「どういうこと……？」

部屋から遠ざかるふたりの足音を聞きながら、サヤは立ち上がった。

「あのふたり、どうして突然ここに？　それに会議？　そんな予定あったかな」

イザベラの予定は知らないが、レオンは今日、城下でいくつかの工場を視察する予定だと聞いていた。だから今日も会えないだろうと寂しく思っていたが、突然予定が変わったのか、ラスペードから来た諸侯たちと会議があるらしい。

サヤは作業台に端切れを並べながら、レオンとイザベラが抱き合っていた姿を思い出す。

お似合いのふたりが寄り添う姿はとても美しく、圧倒された。やはりレオン殿下はイザベラが好きなのだろうか。

何度考えても、答えが出せない。

「あー、もう。突然この部屋に入ってこないでほしい……。鍵でもかけておけばよかった。それにしても、イザベラは泣き顔もキレイだったな」

手元の端切れと刺繍糸を見ながら、そういえばイザベラの刺繍の腕はジュリアに負けないほどだったと思い出す。

考えれば考えるほど、イザベラのほうがレオンの隣に並ぶにふさわしいと思えてくる。

「今日は、帰ろう……」

王妃教育の予定は入っていない。それに、ジュリアの体調も心配するほどでもない。

サヤは刺繍の練習に必要なものを手に取り、持ち帰ることにした。

イザベラの足元にも及ばないとわかっていながらも刺繍の練習をしようとする自分に苦笑する。そして、あきらめが悪い自分に呆れた。


「あらあら。サヤと刺繍針の相性は本当に最悪ね」

屋敷に戻り、刺繍の練習をしているサヤに、カーラが声をかけた。

居間のソファに背を丸めて座り、必死で手を動かすサヤの姿はどこか滑稽で、それでいて愛らしい。

「だって、針が私の思うように動いてくれないんだもの」

泣きだしそうな声で、サヤは愚痴を口にする。

カーラは隣に腰かけると、サヤの手元をのぞき込んだ。白い綿の生地に青い糸で作られた模様が浮かび上がっているが、ひと刺しごとの長さも向きも微妙にバラバラで、お世辞にもキレイだとは言えない。

「それって、ビオラ?　即位式でレオン殿下がお召しになる軍服に刺繍をするのよね」

「え、母さん知ってたの?」

カーラがそのことを知っていたことにサヤは驚いた。

「知ってたのって……誰でも知ってるわよ。青い軍服は、即位式のときにだけ着るものので、式が終わったら神殿に納めるんでしょ？」

「どうして？　一回しか着られないの？」

「サヤ、あなた、王妃教育でなにを勉強しているの？　こんな基本的なこと、ちゃんと……って、そうか。基本的すぎるから、わざわざ王妃教育で勉強することでもないわよね」

納得したようにうなずいたカーラは、同情を込めた目をサヤに向けた。

「森のことならお任せって胸を張れるのに、それ以外のことにはまったく興味がなかったもの。なにも知らなくても仕方がないわよね」

「う……ん。まあ、最近そのことに気づいて、かなり焦ってる」

サヤは刺繍をする手を休め、座ったまま大きく体を伸ばした。

「王妃教育は順調なの？　真面目なあなたのことだから頑張ってるのはわかるけど、知らないことだらけで大変でしょ？」

「うん。最初のうちはめまいがしそうだったけど、今はかなり知識も増えたし、先生から褒められることもあるから、大丈夫だと思う。自信はないけど」

控えめな口調でそう言って笑うサヤに、カーラは「ごめんね」と言って頭を下げた。

「サヤが王妃に選ばれるなんてまったく考えてなかったし、サヤは森のことに夢中でなにも教えてこなかったから、今になって苦労してるのよね。親の責任だわ。ごめんなさいね」

申し訳なさそうに顔をゆがめるカーラに、サヤは何度も首を横に振った。

「そ、そんなことないから、気にしないで。森のこと以外、お勉強もなにもかもサボってきた自分のせいよ。母さんのせいじゃない」

サヤの必死な声が部屋に響く。

「でも……」

「本当に大丈夫。とはいっても、確かに知らないことばかりで毎日新鮮だけどね。王家の人はみんな優しくて、根気よく教えてくれるのよ。今日も、ジュリア様がご自分の布や糸をすべてくださったの」

「布？　糸？」

首をかしげるカーラに、サヤは今日の出来事を簡単に伝えた。

「ジュリア様はドレスや帽子も作られているみたいでね、素敵な作品がいくつもあったの。作業部屋ごと譲っていただくなんて驚いたけど、無駄にしないように頑張らなきゃ」

「そう、かわいがっていただいているようでよかったわ。だったら何度も練習して、軍服に素晴らしいビオラの刺繍をしなきゃね」

カーラはそう言ってサヤの頭を優しく撫でた。まるで小さな子どもにするような手の動きに、サヤは照れくさくなる。

「あ、ジュリア様が嫁がれるとき、イザベラも警護担当としてラスペードに行くって本当なの？　本家は今、大騒ぎになってるけど」

「え、それも聞いてない。行ったきりで帰ってこないの？」

初めて聞くことにサヤは驚いた。イザベラがこの国を離れるとは考えられない。

「イザベラは本家の顔っていうか、ルブラン家の象徴でしょ？　ただでさえイザベラではなくサヤが王妃に選ばれて落ち着かない状態だったのに……」

カーラはそう言って口をつぐんだ。サヤが王妃に選ばれたことで、本家からやっかみに似た言葉でも聞かされたのだろう。

「なんでも、ジュリア様がどうしてもイザベラを一緒に連れていくとおっしゃってるらしいわよ」

「そうなの……。だったら、このことでイザベラは泣いていた……？」

レオンが頼み込んでいたのはジュリア様を思ってのことで、イザベラが作業部屋でレオンに抱きつき泣いていたのは、ラスペードにジュリア様と共に行くのが嫌だから……だろうか。

そう考えれば、イザベラの涙の意味もわからないではないが、サヤはそれ以外の思いも含まれていたような気がした。

イザベラの騎士としての誇りとジュリア様への忠誠心を考えれば、ジュリア様の護衛としてラスペードに同行することもすぐに承知しそうなものだ。それなのに、どうしてあれほどまでに嫌がっていたのだろう。

「私って、本当になにも知らないんだな……」

こんな自分が王妃になってもいいのだろうか。レオンに迷惑ばかりをかけそうだ。

「ねえ母さん、私も知らないことを、どうしていろいろ知ってるの？」

「え、これも城下ではかなり広まってるわよ。でも、そうね。陛下から本家にこのことに関する書状が届いたらしくて、途端に本家は大騒ぎ。で、使用人たちが書状の内容を知って、ついついしゃべっちゃったみたいよ」

「ついつい……」

陛下からの大切な書状の内容を漏らすだなんて、ダメでしょう。

サヤは顔をしかめた。

「あ、そうだわ。今年はワインの出来がかなりよかったでしょう？　売り上げもかなりあったらしくてね、利益の一部をぶどう農家の人たちが医院に寄付してくれたのよ。まあ、レオン殿下が指揮を執ってぶどう畑の土地の改良から始めて五年。ようやく実を結んだってことね」

「あ……そうなんだ」

サヤは、ファウル王国が周辺国の中でもぶどうの収穫高が特に多く、質の高いワインを生産していることは知っていたが、今年のワインの出来がどうだったのかまでは把握していなかった。交易の主力商品であることは王妃教育で教わったが、具体的に聞くのは初めてかもしれない。

「去年もまずまずの出来だったけど、ようやくレオン殿下とワイン農家さんの努力が実を結んだってことね。レオン殿下も大喜びだったそうだし」

「そう……」

レオンがワインについて口にしたことはない。というより、彼が公務について話すことはあまりない。最近は国王代行という立場からか、かなり忙しく、サヤと顔を合わせることすら滅多にないのだ。婚約して二カ月が経つというのに、お互いの距離を縮められずにいる。

慌ただしい毎日のせいか、今日、作業部屋で見かけたレオン殿下は痩せていたな、とサヤは思い出した。

「ねえ、王家には国内の各ワイン農家さんが作った中で一番おいしいものが毎年献上されるって有名だけど、本当にそうなの？　食事のときに飲ませてもらった？」

カーラはワクワクしながらサヤの返事を待っている。

「いつかサヤが立派な王妃殿下になったときでいいから、王城でワインと極上のお料理をごちそうしてね」

本気なのかどうかわからない声のカーラに、サヤは呆れた表情を見せた。

「一人前の王妃殿下になんて、いつなれるかわからないわよ」

ただでさえ王妃になることへの不安でいっぱいだというのに、カーラのあっけらかんとした言葉に力が抜けてしまった。どっと疲れを感じ、刺繍の練習に集中するからと言い訳して、自分の部屋に戻った。

しかし刺繍をしようと針を手にしても、気持ちがなかなかのってこない。

「あー、もう、やだ」

サヤは部屋の脇の小机に布を放り出し、ベッドに飛び込んだ。

子どものころから使っているベッドは、ダスティン手作りの頑丈なものだ。お気に入りの布団はほどよい柔らかさで寝心地もいい。嫁ぐ際には王城に持ち込みたいのだが、その話を切り出す前に、レオンはふたりで使うベッドを既に注文し作らせていた。

ウェディングドレスにしても、サヤの希望を取り入れつつも、結局はレオンが細部にまで自分の好みを主張したものに決まった。レースやパールがふんだんに使われ、バックリボンがとてもかわいいドレスだ。

華美なドレスは私には似合わないのに……。

これまで舞踏会にも参加することがほとんどなく、ドレスを着る機会などなかったに等しいサヤは、ドレスの出来上がりが楽しみでもあり、憂鬱でもある。いざウェディングドレスを着ても、似合わなかったときにはどうすればいいのだろうかと、鬱々としている。

レオンはそれ以外にも、結婚の準備に関しては積極的に意見し、楽しそうにしている。サヤといえば、聞かれたことに答え、多少の希望を口にするだけだ。その流れに特に不満はなく、レオンに頼っているのだが。

「だけど、それって王妃になる身としてはどうなんだろう」

レオン殿下は、王位に就くという重い責任を背負いながらも不安を口に出さず、忙しくとも愚痴のひとつも漏らすこともない。それどころか、新しい政策を次々と実行に移しているというのに。

そのひとつが、王家の森のバラ園で新種のバラを開発し、ドライフラワーやアロマオイルを作るという計画で、いずれは大きな製造工場を作り、国民の収入増加につなげようというものだ。その他にも、農業支援や国境付近の整備、そして子どもたちの教育の質を高めて国力のアップを目指すなど、彼が掲げる政策は数多い。

現在、そのどれもが実際に動き始めている。

そんな有言実行で愛情深いレオンが王位に就くことを、国民はみな喜び、信頼しているのだ。

サヤはベッドからむくりと起き上がり、ため息をつく。

「そんな素晴らしい人と私じゃ、つり合わないと思うんだけど」

イザベラがラスペードに行くことをカーラは知っていたのに、次期王妃の自分は知らなかった。それに、今年のワインの出来が素晴らしいことや、一番出来がいいワインが各ワイン農家から王家に献上されることも今日初めて聞いた。

国民の多くが当然のように知っていることを、サヤはなにも知らない。その事実に、ひどく落ち込んだ。

サヤはこれまでになく重い気持ちを抱えながらベッドを降りた。そしてバルコニーに出ると、敷地に隣接している王家の森を見つめた。

既に日は落ち、辺りは暗いが、闇の中で揺れる木々のざわめきが感じられる。

王妃に選ばれてからというもの、森で過ごす時間を確保できずにいる。

これまでは一日中森のことを考え、自分の時間のほぼすべてを森に捧《ささ》げていたと言ってもいいほど森に愛情を注いでいた。

そのことを後悔するつもりはないが、森以外のことに関心を持たず、知っていて当然のことを知らずに生きていた自分を情けなく思う。

森以外のことにも興味を持ち、知識を増やしておけばよかった……。

サヤはじっと森を見る。

見慣れているはずの闇に浮かぶ森の姿が、今までと違って遠くにあるように思えるのは気のせいだろうか。

思い悩むサヤの体に、一瞬強い風が吹きつけた。その風に乗り、森の緑の香りが運ばれてくる。その中にはサヤが丹精を込めて育てていたユリの香りが混じっているような気がした。

サヤが森に行かなくても、木々は育ち、花は咲き誇り、そして薬草もその役目を知っているかのように力強く成長する。そう、サヤがいなくても、森はその姿を変えることなく順調に息吹いていくのだ。

「なんだか、寂しい」

サヤは苦笑しながら部屋に戻り、投げ出したままの布と刺繡針を手に取る。丁寧にしわを伸ばし椅子に腰かけると、気持ちを整えるように目を閉じた。そして、首にかかっているチェーンを思い出したように引っ張り、胸元からエメラルドのペンダントを取り出した。部屋の明かりにかざすと、鮮やかな緑が乱反射し、見とれるほど美しい。

「幸福。夫婦愛」

レオンから教わった宝石言葉を口にする。同時に、このエメラルドをサヤの首にかけたときのレオンの表情を思い出した。

今でもサヤの頰を熱くするほどの優しい顔で、それこそとろけそうな甘い言葉を口にしたレオンは、とても幸せそうだった。

「レオン殿下……会いたい」

サヤはエメラルドを見つめながらぽつりとつぶやいた。

手にしている刺繡はまだまだ粗く、人に見せられるようなものではない。おまけに森のこと以外なんの知識もない。それどころか、今では森にも必要とされていないのだ。

そんな自分が、この国の王妃としてふさわしいわけがない。イザベラのほうがレオンを支えるのにうってつけだ。

それはサヤ自身が一番よくわかっているのだが、子どものころから温めてきたレオンへの恋心が簡単に消えることはない。

「とりあえず今は、ビオラの刺繍に集中しなきゃ」

サヤはエメラルドに軽くキスをし、再び胸に戻した。

ほんの少し涙が浮かんでいた目を何度か瞬かせ、サヤは刺繍に取りかかる。ひと針ひと針、レオンへの思いと国の繁栄を願いながら。

「痛っ。もう、どうしてこの針は思うように動いてくれないんだろう」

針が刺さり、じわりと血が浮かんでいる指先を睨む。

ジュリアのように素晴らしい刺繍がほどこせるようになるまで、あとどのくらいかかるだろう。

サヤはその夜遅くまで、ビオラ……のような刺繍に悪戦苦闘した。

第五章　寄り添う心

長時間に及んだ会議を終えたレオンは、足早にジュリアの部屋を訪ねた。

朝から体調を崩し寝込んでいると聞き心配していたが、夕食を済ませた今では熱も下がり落ち着いていると報告を受けた。それでも、やはり気になり様子を見に来たのだ。

既に夜も遅いが、まだ起きているとジークに聞き、静かにノックをしてそっとドアを開く。

「どうだ？　熱は下がったのか？　は？　なんだこれは」

レオンが部屋をのぞけば、ジュリアが部屋の奥のクローゼットの中から顔を出した。その手にはいくつかのドレスがあり、ジュリアの後ろからは侍女が続いて出てくる。

「あ、お兄様、どうしたの？　今日は視察で遅くなるんじゃなかった？」

ジュリアはレオンをチラリと見ただけで、そのままソファの上にドレスを置いた。

そして、侍女が手にしているドレスもその上に次々と重ねられていく。

「おい、どうしたんだ？　こんなに出してきてどうするんだよ」

驚いたレオンがつかつかと部屋に入れば、部屋中に洋服や靴、それに帽子や乗馬服までもが広げられていた。

「結婚前に寄付しようと思って整理しているのよ」

ジュリアは腰に手を当て、ふうっと息を吐き出した。その顔には軽く汗が浮かんでいる。

「ジュリア様、あとはスカーフや手袋などの小さなものですが、それもクローゼットから出しますか？」

ジュリアと同じように顔を上気させている侍女に、ジュリアは首を横に振った。

「それはいいわ。取りに来てもらうときに必要なものを選んで持って帰ってもらうから」

床にもたくさんのものが広げられ、足の踏み場もない。レオンはそれらをよけながらジュリアに近づいた。途中、ジュリアが子どものころに母親である王妃から誕生日にプレゼントされた赤い靴を見つけ、足を止めた。

「懐かしいな。どこに行くにもこの靴を履いていたっけ」

レオンはそっとそれを手に取り、口元を緩めた。

ジュリアが五歳の誕生日にプレゼントされたその靴は、彼女の大のお気に入りで、成長し、サイズが合わなくなってからも無理をして履き続けていたものだ。

ジュリアは並べられたドレスを一着ずつ確認しながら、仕分けをしている。

「寄付って、どうして急に？　それに、体調はいいのか？　朝から寝込んでいたんだろ？」

レオンの心配する声に、ジュリアは笑顔を見せた。

「単なる寝不足と疲れだから大丈夫。たくさん寝て、サヤ手作りの洋ナシのパイを食べたらすぐに復活しちゃった」

にんまりと笑うジュリアに、レオンは大きく反応した。

「サヤの洋ナシのパイ？　は？　サヤがここに来たのか？」

「そうよ。もともと刺繍を教えてあげる予定だったんだけど。私が体調を崩してるって聞いて、パイを焼いて持ってきてくれたの」

ジュリアはもったいぶったようにそう言って、笑い声をあげた。

「そんな怖い顔をしないでよ。まあ、予想してたけど、ほんとお兄様ってサヤのことが大好きなのね。それに、洋ナシのパイは大好物だものね」

「……悪いかよ。で、サヤは？　それに洋ナシのパイはどこだ？」

からかうジュリアを構うことなく、レオンは部屋の中を見回すが、もちろんサヤがいるわけもなく、洋ナシのパイが残っている気配もない。

「サヤならとっくに帰ったわよ。今日は刺繍の練習だけで王妃教育の予定もなかったし。ちなみにおいしいおいしい洋ナシのパイは、私が全部食べました」

「はあ？ ホールごと全部食べたのか？」

目の色を変えて大きな声をあげるレオンに、ジュリアは「もちろん」とうなずいた。

「私のために焼いてきてくれたんだもの、そりゃ全部食べるわよ」

「なっ……。俺の大好物だと知ってたら残しておいてもいいだろ」

「あーあ。そんな子どももみたいなことを言って、次期国王とは思えないわね」

いつまでもぶつぶつ言っているレオンに、ジュリアは肩をすくめた。

「それに、洋ナシのパイではなくて、サヤが焼いてくれた洋ナシのパイが好きなのよね？」

笑い続けるジュリアをレオンは軽く睨むが、当たっているだけに迫力もなく意味がない。

そのとき、侍女が一着のドレスを手に取り、ジュリアに見せた。

「このドレスは昨年の春、城下の学校の入学式の挨拶で着られたものですが、ジュリア様が手作りされた貴重なドレスです。こちらも寄付されるのですか？」

侍女が手にしているのは淡い水色のドレスで、ウエスト部分に切り替えがあるだけの、あっさりとしたデザインだ。胸元は白いレースで首まで覆われ、膨らんだ袖口も同じレースが使われている。

舞踏会で着るような華やかさはないが、学校で挨拶をするということを考え、簡素なデザインを心がけて作ったジュリアの力作だ。

「素敵な出来映えのドレスですし、記念に残されてはいかがでしょう？」

ドレスを眺めながらしみじみとしている侍女に、ジュリアは苦笑した。

「素敵な出来映えだから、寄付するのよ。城下の人たちはこんな華美で非効率なドレスを着る機会はないかもしれないけど、質のいいものばかりだから、きっと高く売れるはずだもの。教会の役に立つわよ」

迷いのないジュリアの言葉に、侍女も渋々うなずいた。

確かにここに並んでいるドレスや靴はみな上質なものばかりだ。一国の王女のものだと考えれば当然だが、使われている布や糸も極上で、売ればかなりの値がつくに違いない。

「もしかしたら、教会に来た子どもたちがこのドレスを見て、舞踏会ごっこなんて始めたりして。そのときはダンスを教えてあげるんだけどなあ……といっても、私はもうここにはいないんだった」

　ははっとどこか寂しそうに笑うジュリアに気づき、レオンの心も揺れた。

　政略結婚だとはいえ、ジュリアは愛する男と結婚する。王族に生まれ、いずれは国の安定に通じる結婚を強いられる立場だということを考えれば、奇跡のような結婚だ。それでも国を離れる日が近づき、寂しいのだろうとレオンは感じた。

「それにしても、どうして突然寄付なんて言いだしたんだ？　もちろん俺は賛成だが、もっと早く準備をすればよかっただろう」

　この場の空気を変えるように、レオンが明るく声をあげた。

　ジュリアも沈みそうになっていた気持ちを押しやり、にっこりと笑った。

「そうよね。もっと早く思いつけばよかったんだけど。今日、サヤに作業部屋を譲ったあとで、突然思いついたのよね。洋服や靴も、有効活用できるんじゃないかって」

「は？　作業部屋？」

「そうよ。ラスペードでも私のために作業部屋を用意してくれたし、布や糸もふんだんにあるから、なにも持ってくる必要はないってステファノ王子がおっしゃって」

　ジュリアはそう言って頬を赤く染めた。ステファノ王子を思い出したのだろう。

　レオンはその姿にくすりと笑った。ジュリアがこの結婚を寂しさ以上に楽しみにしているとわかり、ホッとする。

「それでね、今日、早速ジークが作業部屋にサヤを案内してくれて。あまりの材料の量に驚いていたらしいわ」

「今日、作業部屋に案内したのか？」

突然、レオンの低い声が部屋に響き、ジュリアだけでなく侍女も視線をレオンに向けた。

「サヤが作業部屋に行ったのは何時ごろだ？　おい、確かに行ったんだろうな？」

足元のドレスをよけながら、レオンがジュリアに近づく。

「ちょ、ちょっとお兄様どうしたのよ、怖い。そうね、二時ごろだったかしら。ジークが案内したあと、しばらく作業部屋にいて、そのまま帰ったらしいわよ。それがどうかしたの？　サヤが作業部屋に行ったらまずいことでもあるの？」

ジュリアはレオンの顔が強張っているのに気づき、眉を寄せた。

「いや、別に……」

レオンは視線を泳がせた。

「ふーん。なにかあるんだ。作業部屋にサヤに知られたらまずいものでも置いてたの？」

「いや、違う」

慌てて否定するレオンにジュリアは詰め寄り、居心地が悪そうに揺れるレオンの瞳をじっと見た。

「私がお兄様の妹を何年やっていると思うの？　そうやって目を泳がせているときはいつも嘘をついてるんだから」

「ち、違う、嘘じゃない」

焦るレオンに、ジュリアはさらに詰め寄った。

「お兄様が泣いても悲しんでも構わないけど、サヤを苦しめることは許さないわよ」

「お、おい。離れろよ」

ジュリアは後ずさるレオンを追い詰めるように、にじり寄った。

「サヤに、ステファノ王子も大好物の洋ナシのパイの作り方を教えてもらうんだから、サヤを傷つけて婚約破棄なんてされないようにしてよね」

「は？　婚約破棄？　そんなことさせるわけないだろ。サヤは俺の妃になると決まってるんだ」

ジュリアの言葉に、レオンも思わず大声で答える。

「わからないわよ。ステファノ王子が言ってたけど、サヤに結婚を申し込もうとしていた男性が周辺国に何人もいたらしいから、今からでも遅くないわよ。王家に嫁ぐなんて大変だもの。サヤだって王家の森にいるほうが幸せに決まってるわ」

「それは俺が一番わかってるさ。王妃なんて窮屈なことばかりだからな。だけど、これでもかってほど大切にして、とことん愛して、森にいる以上に幸せにするから黙ってろ」

滅多に怒ることのないレオンの激しい声に、侍女はぴくりと体を強張らせた。

「ふうん。だったらどうしてそんなに慌ててるの？　サヤと作業部屋にどんな関係があるのよ。内容次第じゃ私がサヤの面倒を見るわよ。イザベラと一緒にサヤもラスペードに連れていくからね」

「は？　もとはといえば、お前がイザベラをラスペードに連れていくって言いだしたからだろう？　サヤも一緒にだと？　勝手なことばかり言うな」

レオンの激しい声が再び部屋に響いた。

「イザベラを説得するために、俺がどれだけ根回しをして苦労したと思ってるんだよ。おまけに作業部屋にサヤが……。これでサヤが傷ついて泣いてたらどうするんだ」

レオンは苦しそうにつぶやくと、両手を膝に置いてうなだれた。

王太子としてふさわしくあるよう毅然とした態度で公務にあたる普段からはまったく想像できないレオンの様子に、侍女は言葉を失うほど驚いている。どうしていいかわからずジュリアを見れば、ジュリアはなんでもないとでもいうように笑い、うなずいた。

「遅くまでご苦労様。突然片づけを手伝わせてごめんなさいね。続きは明日ってことで、またよろしく」

侍女はジュリアの言葉にホッとしたように息を吐くと、「では失礼いたします」と言うなり、いそいそと部屋を出ていった。

「さ、事実をありのまま言ってもらいましょうか？」

ジュリアはドアが閉まるのを確かめたあと、うなだれたままのレオンのそばに立った。


その日から数日の間、レオンはサヤが誤解していないかと気が気ではなかった。直接会ってサヤと話したいと思うのだが、忙しすぎて会いに行く時間を取れずにいた。

イザベラとは誤解されるような関係ではないのだが、もしもあのとき作業部屋の奥にサヤがいたとすれば、勘違いされても仕方がない。

イザベラに抱きつかれ、そのままにさせていたことを思い出し、頭を抱えた。もしもサヤが悩んでいるとすれば、すぐにでも事情を説明して安心させてやりたいが、状況がそれを許してくれそうもない。ここにきて、ジュリアの結婚を妨害する動きがあるのだ。

ファウル王国とラスペード王国の国境沿いに発見された鉱脈を狙う集団がいるのは事前に確認していたが、明け方近くに採掘場の事務所に忍び込み、ボヤ騒ぎを起こしたのだ。作業員たちは事務所近くの簡易宿舎で休んでいたが、たまたま早く目が覚めた作業員のひとりが事務所に行ったところ、ボヤに気づいたようだ。

採掘場には防火用の貯水槽を用意しなければならないという規則があり、作業員は貯水槽からバケツで水を汲み出し、慌てて火を消した。おかげで事務所内に置かれていた書類の一部が焼けただけで済んだが、消火を優先したこともあり犯人には逃げられてしまった。

その日以降、両国の騎士団を派遣し、二十四時間体制で採掘場周辺を監視している。犯人がまだ捕まっていない今、いつまで続くのかわからないこの状況に、レオンや騎士団は忙しい日々を過ごしていた。

そんな中、王妃教育で毎日王城を訪れているサヤと昼食を共にできる時間を確保できた。朝から続いてた即位に向けての諸侯たちとの会議を終え、レオンはそわそわする気持ちを抑えながらサヤの待つ部屋に向かう。

「久しぶりだな」

顔を合わせるのは一週間ぶりだ。レオンはサヤを見た瞬間、顔をほころばせた。

テーブルの傍らに立ちレオンを待っていたサヤも、レオンが入ってきた途端、頬を赤らめた。

照れくさそうに視線を合わせるサヤを見て、レオンはホッとした。あの日作業部屋でイザベラとのやりとりを見ていれば、厳しい目を向けられるだろうと心配していたからだ。

あのときはおそらく、サヤは作業部屋にはいなかったのだろう。

慌ただしい日々の中で疲れていた体がふっと軽くなったような気がした。

「なかなか会えなくて悪かった。王妃教育も結婚式の準備も順調だとジークから聞いているが、どうだ？　なにか困ったことはないか？」

レオンは侍女を下がらせると、自らサヤの椅子を引き、座るよう促す。

「あ、ありがとうございます」

サヤは恐縮しながら腰かけ、背後を振り返った。そして、レオンを見上げ礼を述べる。

「いや、大したことじゃない。それに、この体勢はなかなか魅力的だな」

甘い声がサヤの耳に届いたかと思うと、レオンはサヤの肩に手を置いた。

「え……？　あ……」

レオンの唇がサヤの首筋に触れた。

軽くなぞるような唇の動きに、サヤは小さく吐息を漏らす。

「殿下……あの」

レオンはサヤの肩に置いた手に力を込め、離れようとするサヤの体を押さえた。

「会えない間、ずっとこうしたかったんだ」

かすれたレオンの声がサヤの耳元を震わせ、首筋にあった唇は迷うことなくサヤの唇を探し当てた。

「サヤ……。口を開いて」

レオンはサヤの反応を待つのももどかしいように、舌でサヤの唇を開くと、そのまま強引に舌を差し込み、サヤのそれを絡めとった。

最初はぎこちない動きでそっと応えていたサヤだが、貪るようなレオンの口づけを受け、次第に無我夢中で応えるようになった。

背後からサヤの顔をのぞき込むようにキスをしていたレオンは、いつの間にかサヤの前に回っていた。レオンの手はサヤの首筋と後頭部に置かれ、サヤは身動きが取れなくなった。

しかし、サヤもレオンと会え、こうして強く求められることがうれしくてたまらず、気づけば自分からレオンの首に抱きつき、キスを求めた。

「ん……。で、殿下、あっ」

レオンはサヤが漏らす声を聞き、いっそう強く引き寄せた。赤く染まった頬にかかる髪をそっと後ろに梳き、サヤの顔のあちこちを唇でたどる。

恥ずかしさと甘美な刺激が入り混じったひととき。ふたりの吐息が重なり、部屋に響く。

「や……」

唇への熱が消え、寂しさを感じたサヤは、求めるようにレオンの顔を引き寄せた。

「サヤ、俺はお前のことをずっと……」

サヤからキスをされたことがうれしくて、レオンはサヤへの思いを伝えるべく息を整えるが、そのとき部屋をノックする音が響き、ハッと体を起こした。

「あ……あの、殿下……」

キスに夢中になっていたサヤも、我に返ったように姿勢を正した。

「食事なら、運んでくれ」

レオンがノックの音に応えるように言ったと同時にドアが開けられ、ワゴンに乗せられた食事が運び込まれる。

「おふたりともお忙しくてお疲れでしょうから、力のつくものをご用意しました」

侍女たちが料理をテーブルに並べ始めた。

レオンはサヤの頬をそっと撫でたあと、名残惜しそうにその場を離れ、サヤの向かいの席に着いた。

「スープは、サヤ様が森で育てられたカボチャを使ってポタージュにいたしました。バターの風味を効かせて濃厚に仕上げております。お肉料理は、レオン殿下がお好きなヒレ肉のステーキでございます。焼き加減はウェルダンでございます。サヤ様の好みに合わせてみましたが、いかがでしょう？」

料理長は、次々と並べられる料理に目を輝かせているサヤに問いかけた。

「あ……はい、お肉は多めに焼いたものが好きなので、この焼き加減、うれしいです。ありがとうございます」

頭を下げるサヤに、料理長は目を細めた。

「デザートはサヤ様の大好物だというマカロンを用意しました。たくさんありますので、存分に召し上がってください」

「わあ、ありがとうございます。私、マカロンに目がなくて。自分でも作るんですけど、やはり料理長にはかないません。また今度、ちゃんとした作り方を教えてくださいね」

「もちろん、喜んで。結婚式を終えられて落ち着いたころにでも、ゆっくりと」

「はい。楽しみにしてます」

うれしそうな声をあげるサヤに、料理長はにこやかにうなずいた。

レオンは、ふたりが仲よく話す様子が気に入らず、顔をしかめている。

久しぶりに会えたサヤを独占したくてたまらないというのに、とんだ邪魔が入ってしまった。

「料理の説明は必要ないし、給仕もいらないから、下がってくれないか」

レオンは、水をグラスに注いでいる侍女にそう命じた。

そのぶっきらぼうな口調に、侍女が傷つくのではないかとサヤはヒヤヒヤしたが、侍女ふたりはくすりと笑い、目配せをした。

「承知いたしました。おふたりで心ゆくまでお食事をお楽しみくださいませ」

やたらゆっくりと答える侍女に、レオンはムッとした。サヤとふたりになりたがっていることを見透かされ、居心地が悪そうに体を動かした。

料理長や侍女が部屋を出たあと、ふたりはおいしい料理に舌鼓を打った。

本来なら前菜、スープ、魚料理と順に出てくるのだが、サヤとふたりきりで食事を楽しみたいため、デザートとコーヒー以外はすべて一度に並べさせた。

そんなことをすれば料理が冷めてしまうというのに、構わないと言って料理長を呆れさせたことは、サヤには秘密にしている。とにかく、久しぶりのふたりの時間を楽しみたいのだ。

「あ、真鯛《まだい》のポワレですね。私、大好きなんです」

目の前の料理に弾む声をあげるサヤを、レオンは優しく見つめた。

ここ数日、イザベラと作業部屋で会っているのを見られたかもしれないと落ち着かない日々を過ごしていたが、これまでと変わらない様子にホッとした。もしも見られていたとしても、サヤが納得するまで事情を説明するつもりでいた。

もちろん、誤解したサヤがレオンとの結婚に躊躇するようなことがあっても、手離すつもりは毛頭ない。

「あ、ワインをおつぎしますね」

サヤは立ち上がってテーブルを回り、照れくさそうにレオンのグラスにワインを注いだ。

「サヤは飲まないのか？」

レオンはサヤの手からボトルを受け取ろうとしたが、サヤはボトルをそっと逸らし、首を横に振った。

「十八歳になったので飲んでもいいのですが、ひと口飲むだけで体が熱くなるんです。肌も赤くなってぼんやりとしてしまうので……遠慮しておきます」

そう言って自分の席に戻ろうとしたサヤの手を、レオンがつかんだ。

「え、殿下……？」

「ここに座ってくれ」

レオンは立ち上がると、自分の隣の席にサヤを座らせた。

「あの、どうして」

戸惑うサヤになにも答えず、レオンは向かいの席に置かれていた料理をすべて、自分の隣に改めてセッティングした。

「ここで、いただいてもいいのでしょうか？」

ためらいながら問うサヤに、レオンは「もちろん」と当然のようにうなずいた。

「このほうが、距離が近くて話しやすい」

「そう、ですね。近くて……うれしいです」

はにかむサヤの横顔に、レオンは目を細めた。

美しく、その場にいるだけで周囲を和ませる雰囲気を持つサヤだが、婚約以来、いっそうキレイになった。厳しい王妃教育のせいか、もともと引き締まっていた体はさらにシャープになり、顔は以前にもまして小さくなった。そのせいで、大きな瞳がさらに大きく見え、美しさに磨きがかかっている。

そう思うのは自分の勝手な思い込みだろうかと、レオンは苦笑する。それでも、サヤの表情や物腰が変化しているのは確かだと感じていた。

婚約してすぐのころ王城を訪れたサヤは、普段以上に遠慮がちで、周囲からの祝いの言葉や視線に緊張し、ぎこちない笑顔で応えていた。

レオンはその硬い様子が気になり、もっと楽にしてやりたいと思っていたが、すぐにはどうすることもできなかった。森にいるときのようなサヤの生き生きとした笑顔を、王城でも、そして自分にも見せてほしいと願っていた。

そのためには焦らず時間をかけてサヤの心を手に入れ、政略ではない、真実の結婚にしようと考えていたが、サヤが拒まないことをいいことに、会えば抱き寄せ、キスをして、そのあと後悔することも多かった。

サヤにはレオンとの結婚を拒む権利はないのだ。レオンがなにをしようが受け止めるしかない。その現実を思えば、サヤがキスに応えるのは王太子には逆らえない立場ゆえのことなのだろうかと、落ち込むこともあった。

それでも、今レオンの隣でスプーンを持ち、「スープ、いただいていいですか?」と極上の笑顔で首をかしげるサヤを見れば、サヤも自分とのキスにときめいているのではないかと思ってしまう。

「サヤ……」

スープ皿を手元に寄せ、バターの香りを楽しんでいたサヤは、レオンの声に振り向いた。

「この肌が、赤くなるのを見たい」

「あ、あの……?」

レオンはワイングラスを手に取り口に含むと、グラスをテーブルに置いたと同時に両手でサヤの体を抱き寄せた。そして、自分の膝の上で横抱きにして、唇を重ねた。

「ん……っ」

突然視界が変わったかと思えばレオンの膝の上で抱かれ、そして唇に熱を感じる。サヤは反射的に逃げようとしたが、レオンはそれを許さない。それどころか、レオンはサヤの唇をこじ開けると、口移しでワインを飲ませた。

「な、なに……？」

突然口の中に広がったワインの香りにむせそうになるが、逃がさないとでもいうようにレオンに唇を押しつけられ、ゴクンと飲み込んだ。飲み切れなかったワインがサヤの口元からこぼれ落ち、レオンの唇がそれをたどる。

「どうして……」

「どうして？　わからないのか？」

サヤの顔を、レオンの唇が探るように動く。

結婚式を終えるまではサヤの体を奪うわけにはいかないが、やはり愛しい女性を腕に抱けばすべてが欲しくなる。ここしばらく会えず、イザベラの件で悩んでいた反動もあってか、レオンはサヤの体を離せない。

無理やり自分の膝の上に乗せ、サヤの同意もなしにワインを口移しで飲ませた。決して褒められた行為ではないが、我慢できなかったのだ。

会うたび美しく変化していくサヤの姿にレオンは驚かされていたが、今日、久しぶりに会ったサヤからは、美しさに加え、女性としての艶やかさと強さを感じた。

これまで見せていた不安に揺れる姿は影を潜め、凛《りん》とした表情と立ち姿、そして、レオンをまっすぐに見つめる瞳。これまでと違うサヤの姿を見た瞬間、レオンはサヤへの愛情を抑えることができなくなったのだ。

愛しい。そして、このまま抱きたい。いっそ自分の部屋に連れていき……。

我慢しなければならないと思えば思うほど、その思いは強くなる。おまけに、サヤは自ら体を寄せ、レオンの胸にすべてを預けてきた。それだけでなく、サヤの両手がレオンの背中に回り、ぎゅっと抱きついてくる。

「サヤ……」

レオンはくぐもった声でつぶやくと、強くサヤを抱きしめた。

サヤが自らレオンに近づこうとするのはこれが初めてだ。レオンは口元が緩むのを抑えられない。

激しく打つ鼓動を感じながら、どうにか気持ちを落ち着かせようとしたとき、サヤがもぞもぞと動き、顔を上げた。大きな目は潤み、頬は赤く染まっている。

「サヤ、どこまでお前は……」

とろけそうな声を隠すことなく、レオンは笑いかけた。

長い間自分のものにしたいと願い、手に入れた愛しい宝。その頬を優しく撫で、満ち足りた吐息をこぼした。

「ワインのせいで、顔が赤いな。……誰にも見せたくないほどかわいらしい」

思わず口を衝いて出たレオンの言葉に、サヤは拗ねたような声でつぶやいた。

「嘘です。ちっともかわいくないし、なにもかも、ダメなんです」

「どうして嘘なんだ？　誰よりもかわいらしく、愛しいぞ？」

「愛しい……なんて。本当なら、とてもうれしいですけど。私はまだまだ王妃にふさわしくないですし、そんなことを言ってもらえる資格はありません……」

サヤはレオンの言葉を信じていないのか、あっさりと受け流した。

レオンはその反応が気に入らず、吐き捨てるように声をあげた。

「王妃にふさわしいかどうかは今関係ない。俺は、サヤが愛しくてたまらないんだ。どうすれば、信じてもらえるんだ」

レオンの強い口調に、サヤは息を詰めた。

「サヤにしてみれば、突然王妃に選ばれて生活が一変して、俺の気持ちをすんなり受け入れられないのはわかるが。俺の気持ちを疑うのはやめてくれ」

「あ……は、はい」

「前にも言っただろう？　今はまだサヤが王妃の器でないなら、俺もまだ国王の器ではないと。それは、ふたりで時間をかけていけばいいんだ。いずれ俺もサヤも、立場に見合うほどの成長をしているはずだ」

諭すように話すレオンのぶれない思いに気づかされ、サヤはこくりとうなずいた。

「だから、俺の思いを疑うようなことはやめてくれ」

「は……い」

サヤは赤い顔をさらに赤くして笑うと、ふと思い出したように表情を引き締め、口を開いた。

「私……イザベラのように器用ではないのですが」

「は？　イザベラ？」

サヤの口から突然イザベラの名前を聞かされ、レオンは我に返った。自分の胸にすっぽり収まっているサヤを見ながら、どういうことだと混乱する。あれだけイザベラのことを誤解していないかと悩んでいたというのに、すっかり忘れていた。

まさか、やはり誤解しているのだろうか。

焦るレオンの様子に構わず、サヤはレオンの胸に頬を預けた。

「私よりもイザベラのほうが王妃にふさわしいと思うのですが、こうして殿下の胸に抱かれて……この温かさを感じるのは、私だけにしてほしいのです」

「は？　それは、当然だろう？」

サヤの遠慮がちな言葉に、レオンは思わず大きな声をあげた。

まさかサヤ以外の女性を抱きしめるわけがないのに、どうしてそんなことを言うのだと思った瞬間、気づいた。

「サヤ、お前、やっぱり見ていたのか？　作業部屋で、俺がイザベラと話していたとき……」

レオンはサヤを胸から引き離し、顔をのぞき込んだ。

「ち、違うぞ。あのときは、嫌がるイザベラを説得していたんだ。ジュリアの警護として、しばらくラスペードに留まるよう頼んでいたんだ」

レオンはサヤの肩に置いた手に力を込める。悲しそうに見上げるサヤの表情から目が離せない。

決してサヤを裏切ったわけではないが、あれをサヤが見て傷つかないわけがない。もしもサヤが自分以外の男に抱きしめられている姿を見たとすれば……。

そう考えただけで気持ちが昂る。

レオンは意味のない怒りをどうにか鎮め、再びサヤに向き直った。

「サヤを裏切っていたわけじゃない。イザベラにも、思う男はいるんだ……いや、これは今は関係ないな。とにかく、ジュリアの安全を第一に考えれば、イザベラに協力してもらわないといけないいんだ」

レオンのまっすぐな瞳が、サヤを射る。

嘘やごまかしが感じられない力強い視線に、サヤはようやく表情を和らげた。そして、目の前にあるレオンの頬を指先で撫でる。

「この傷は、訓練でできたものですか？」

「あ？　ああ、騎士団に入団したばかりのころ、山脈の警備の帰りに落馬してできたんだ。若くて公務もなにもかもをなめていて気が緩んでいたんだよ。それ以来、慎重に取り組むようになってケガは滅多にないが」

サヤが気づいたレオンの傷痕は、頬にかすかに残る親指ほどの長さのものだ。かなり前のもので、近づいてよく見なければわからない。

「どうした？　気になるか？」

傷痕を手で触りながら、レオンが問いかける。

サヤはもう一度、レオンの傷痕に触れた。

「イザベラも……。このような傷痕をいくつも持っています」

「ああ、そうだな。訓練も男に負けたくないと必死で挑んでくるから、傷だらけだろうな」

レオンはサヤの反応をうかがいながら、イザベラのことを口にした。

「だが、この傷がどうした？」

「同じような傷痕を持ち、レオン殿下と同じ時間を過ごしているイザベラがうらやましいのです」

「うらやましがる必要はないだろう。イザベラは俺のことはなんとも思ってないぞ。せいぜいが気の合う昔からの腐れ縁程度だろう」

訝しがるレオンに、サヤは小さく笑った。

「私は、イザベラには敵いません。馬にも上手に乗れませんし、剣を振ったこともありません」

「それは当然だろう？　イザベラのように女性騎士として生きる女性は少ない」

どうしてサヤはイザベラと自分を比べるのだろうと、レオンは戸惑った。

やはり作業部屋でイザベラに抱きつかれたことを気にしているのだろうか。

「サヤ、やっぱりあのときのことを……」

誤解がまだ解けていないのかと、レオンは慌てた。

「あ、違います。あのとき抱き合っているふたりを見たのはやっぱりショックでしたけど、今は信じています」

「そうか、ならいいが」

「ただ、やっぱりイザベラのほうが、今の私よりも王妃にはふさわしいと思うのです。ルブラン家の本家の娘としてたくさんのことを学び、王族の方とも親しくされています。それに、男性なら誰もが振り返るほど美しくて、内面も素敵です。誰に対しても優しくて、そして強いのです。私の憧れです」

サヤはひと息に話すと、なにかを言おうと口を開いたレオンを、手で制した。

「そんなイザベラに私が敵うわけがないのはわかっていて、本当は、ふたりが抱き合っている姿を見たとき、私がレオン殿下と結婚してもいいのだろうかと悩んだのですが」

「違うだろう。抱き合っていたんじゃなくて、俺は抱き止めていたんだ。誤解するなよ。それに、俺が結婚するのはお前だ。なにも心配する必要はないんだ」

それまで黙ってサヤの話を聞いていたレオンが大声で叫んだ。

「まったく、どれだけ言えば納得するんだ。王妃にはサヤ以外考えられないから、陛下に頼み込んでようやく……」

ぶつぶつとつぶやくレオンに、サヤは首をかしげた。

「頼み込んだって、なんのことでしょう？」

「は？　いや、なんでもない。と、とにかく、お前は俺と結婚して幸せな毎日を過ごすんだ。俺がこの身を賭けて幸せにするから大丈夫だ」

サヤに拒否権はないとばかりに強い口調で言い切るレオンを目の前にして、サヤは思わず胸を押さえた。

「あ……あまりにもうれしすぎる言葉ばかりで、心臓がもちません」

顔だけでなく首までも真っ赤に染めて、サヤはうつむいた。

「それに、あの、最後までお聞きください。私は、殿下と結婚してもいいのだろうかと悩みましたが、どれだけ悩んでも殿下をあきらめることはできないと思い知るだけでした」

サヤは恥ずかしそうに視線を逸らしてそう言うと、胸元からエメラルドのネックレスを取り出した。

「殿下にいただいたこのエメラルドを見るたび、殿下から逃げてはいけないと言われているようで……。それに、宝石言葉の幸福と夫婦愛という言葉を何度も口にして、自分を励ましていました」

「サヤ……そうだ、俺から逃げるな。例え逃げても結局俺に捕まえられるんだから、そんな無駄なことはやめて、ひたすら俺に愛されるほうがいいと思わないか?」

あきらめることはできないとサヤから伝えられ、レオンは自分でも信じられないほどの勢いでサヤに思いを告げた。

サヤがレオンにどのような気持ちを抱いているのかわからず、長い間秘めていた愛情を口に出していいものか、ずっと悩んでいた。軽はずみに愛していると伝えてサヤを悩ませたくなかったが、イザベラへの複雑な思いと、レオンへの強い思いを聞かされ、我慢ができなかった。

「サヤ、存分に愛するから、絶対に逃げるなよ」

「本当に……？」

期待を含んだ小さな声で問うサヤに、レオンはかすめるようなキスをした。

「もう、とっくに愛してるんだ。それに、この先この気持ちが変わらない自信もある」

「殿下……」

サヤは目に涙を浮かべ、レオンの胸に飛び込んだ。

その後しばらくして、そろそろ食事も終わるころだろうと、料理長と侍女たちがデザートとコーヒーを運んできた。ところが、ふたりはまだ、メインの肉料理と魚料理を食べているところだった。

「料理長、このスープは絶品だな。ステーキもうまいぞ。サヤもそう思うだろ？」

「はい。ポワレもとてもおいしくいただいています。料理長のお料理はいつもおいしくて食べすぎちゃいます」

レオンとサヤは顔を見合わせ小さく笑っているが、確か向かい合って座っていたはずなのに、今は並んでいる。それも、お互いの膝が触れ合いそうなほど近い距離で。

料理長も侍女たちも、レオンとサヤの間になにかがあったと察した。

「マカロンとコーヒーは、こちらに置いておきます。お食事のあと、ご自由にお召し上がりください」

料理長の言葉にレオンとサヤは同時にうなずき、再び顔を見合わせクスクス笑いだす。

料理を出してからかなりの時間が経ち、温めなおしたほうがいいだろうと思うが、ふたりの笑い声を聞いた料理長は、なにも言わず部屋を出た。

結局、レオンとサヤが料理を食べ終え、冷めたコーヒーを飲んだのは、それからずっとあとのことだった。


ジュリアの結婚式がいよいよ二十日後に迫り、城内も慌ただしさを増している。サヤは数日前に王城に居を移し、王族としての生活を本格的に始めていた。

ジュリアもサヤもそれぞれ忙しい毎日を送っているのだが、どうにか時間を合わせ、刺繍と菓子作りを互いに教え合っていた。今日は朝からふたりで作業部屋にこもり、ビオラの刺繍に取り組んでいる。

サヤは毎晩床につく前に針を刺し、少しでもキレイなビオラの刺繍ができるよう努力しているのだが、まだまだ納得できるレベルではない。こうしてジュリアに教えてもらいながら少しずつ上達しているものの、レオンが即位式で着る軍服が届くまであと数日しかなく、焦っている。

即位式はジュリアの結婚式の半年後なのだが、サヤはジュリアが嫁ぐ前に刺繍を終えて彼女を安心させたいと思い、軍服の仕上がりを急いでもらっていたのだ。

「ほら、手が止まってるわよ。グラデーションの作り方はなかなか成長したけど、ひと針ひと針の大きさがまだそろってない」

「あ、はい、すみません」

ジュリアの言葉にサヤは慌てて姿勢を戻すと、布と針を握りしめ、気合を入れた。

透明感のある冬の日差しがたっぷりと届いた部屋はとても明るい。刺繍や編み物の材料であふれた部屋はジュリアのお気に入りの場所だったが、これからはサヤが作り上げていく部屋となる。

「サヤにベタ惚れのお兄様のことだから、サヤが欲しい布や材料をすべてそろえてくれるはずよ。もうサヤの部屋なんだから、好きに変えていいからね」

　サヤの手元を見ながら、ジュリアがつぶやいた。

「そうおっしゃられても、これだけの材料があれば当分の間は大丈夫です。それどころか、私の実力では使い切ること自体不可能です。あ、でも紫の刺繍糸は取り寄せたほうがいいですね」

　サヤは一生懸命針を刺しながら、どうにか答えた。

　紫のビオラの刺繍の練習を何度も繰り返し、濃淡それぞれの紫の刺繍糸は幾分減っている。

「フフ、そうね。でも、これだけ熱心に練習するなんて思わなかったわ。お兄様もきっと喜ぶわよ」

　からかうようなジュリアの声にも、サヤは反応することなく刺繍に集中する。

　ゆっくりと慎重に針を刺すサヤの傍らで、ジュリアはおもむろに手元に置いていた本を広げた。それは、サヤがジュリアにプレゼントしたお菓子作りの本で、サヤが子どものころから愛読しているものと同じ本を取り寄せ、プレゼントしたのだ。ジュリアが練習中の洋ナシのパイの作り方も、わかりやすい絵と共に載っている。

「なかなかサクサクのパイにならないのよね」

本を読み返しながらため息をつくジュリアに、サヤは肩をすくめた。

「ジュリア様が作られたお菓子なら、それだけでステファノ王子は大喜びで食べてくださいますよ」

サヤもまた、からかうようにつぶやいた。

「やっぱり、生地の混ぜ方がダメなのかしら……」

ジュリアが悩みを吐露すれば。

「痛いっ。どうして布じゃなくて指を刺しちゃうのかしら……」

サヤも顔をしかめ、ため息をつく。

しかし、ジュリアが焼いた洋ナシのパイをこっそり味見したジークはそのおいしさにお世辞抜きで驚き、そして夜遅くまで刺繍の練習をしているサヤを気遣い様子を見に来たレオンは、寝落ちしていたサヤの手にあるビオラの刺繍の見事な出来映えに目を見開いた。

愛する人に完璧なものをと頑張るサヤとジュリアだが、実はもう、これ以上練習する必要がないほどの腕前なのだ。それでも、まだまだ上達できるはずだと信じ、愛する人のために力を尽くし続けている。

その後、サヤの何度目かのビオラの刺繍が完成し、体を伸ばしていると、ドアをノックする音が部屋に響いた。

「あら、昼食の時間にはまだ早いわよね。誰かしら」

サヤとジュリアは顔を見合わせた。そして、「どうぞ」と声をかける。

すると、ゆっくりとドアが開き、ジークが顔をのぞかせた。

「サヤ様、よろしいでしょうか？」

「あ、はい、大丈夫ですが……」

見れば、ジーク以外にも侍女がひとり立っていて、なにかあったのかと戸惑う。

「えっと、なにか……」

不安げにジークと侍女に視線を巡らすサヤに、ジークはにっこり笑って口を開いた。

「王妃殿下がサヤ様にお会いになりたいとおっしゃっておりますので、ご準備いただけますか？」

「え、王妃殿下が？　どうして……？」

王妃モニカとは朝食を共にしたのだが、そのときは特になにも言われなかった。

「大丈夫ですよ。ご心配なさることはなにもありません。王妃殿下は温室でお待ちですので、お急ぎくださいませ」

戸惑うサヤを励ますようにジークは言葉を続けるが、いつものおおらかな様子と違った強引な口調にサヤはさらに不安を覚えた。

「わかりました。あの、このまま行けばいいのでしょうか」

「はい。このままお願いします。あ、履物は変えていただいたほうがよろしいかと」

ジークはそう言って、傍らの侍女に視線を向けた。

すると、侍女は手にしていたブーツをサヤの足元に置いた。それはサヤが温室で作業をするときに履いているものだった。

わざわざブーツまで用意して迎えに来るほどだ。よっぽど急いでいるのかと、サヤはなぜか胸騒ぎを覚えた。


ジークの後に続き、サヤは温室に着いた。

青空が広がり日差しがたっぷりと注ぎ込む庭園に隣接した場所にある王妃専用の温室では、あらゆる花が育てられている。

「それでは、王妃殿下がお待ちですので」

ジークは温室の扉を開け、中に入るようサヤを促した。

「えっと……私ひとりですか？」

不安な気持ちを抱えたままのサヤの声に、ジークはうなずいた。

「のちほどお茶をお持ちしますので、王妃殿下とゆっくりお話しください」

「お話しと言われても……」

婚約以来、王妃教育の合間にお茶に呼ばれたりジュリアと共に城下で羽を伸ばしたりと楽しい時間を過ごすことはあったが、こうしてサヤひとりが改めて呼ばれることはなかった。

「さ、どうぞ」

サヤは戸惑いながら温室の中に足を踏み入れた。

扉が静かに閉まる音を聞きながら奥をのぞけば、サヤの姿に気づいたモニカがにっこりと笑っていた。

「失礼いたします」

深くお辞儀をし、温室の奥で待つモニカの元に歩を進める。

「急に呼び出してごめんなさい。王妃教育も一段落ついたと聞いたんだけど」

モニカの優しい声に、サヤは緊張感を少しだけ解いた。

「はい、先生たちのおかげでどうにかひと区切りをつけることができました」

「それはよかったわね。一生懸命勉強していると聞いていたから安心していたけど、逃げ出したくなるほど大変でしょう？　私なんて何度も泣いちゃったし」

そう言って朗らかな笑い声をあげるモニカは、落ち着いた美しさが衰えることなく、物腰の柔らかさとのんびりした性格も相まって、いつも温かな雰囲気に包まれている。今も防寒用のくるぶしまでの長衣を着ているが、色白の肌に長衣の淡いピンクが映え、まるで天女のように見える。

サヤがその美しさに見とれていると、モニカが温室の隅にあるベンチを指さした。

「あとでお茶が届くと思うんだけど、それまであちらでお話しましょう」

「は、はい」

先を歩くモニカの後を、サヤはついて歩いた。いったいなんの話をすればいいのだろうと不安は尽きないが、取り立てて普段と変わったところが見えないモニカに、ホッとした。

「そうそう、ジュリアがお菓子作りを教わっているそうね」

おかしそうに話すモニカの表情は、ジュリアを思う母親の顔をしている。

ベンチに浅く腰かけ、傍らに立つサヤに肩をすくめた。

「ステファノ王子が大好きな洋ナシのパイを作ってあげると言っていたけど、どうかしら、上手に作れるのかしら」

「はい、何度も練習されて、とてもおいしいパイをいただきました」

サヤの言葉にうれしそうに目を細めると、モニカはサヤを隣に座るよう手招いた。

「ジュリア様なら、きっと幸せになられますよ」

サヤは寂しそうにしているモニカを励ますようにそう言った。

「そうね、きっと幸せになるわよね」

「はい。ステファノ王子が全力でジュリア様を大切になさいます。それこそ、ジュリア様が面倒だと思うくらいに」

ステファノ王子の溺愛ぶりを思い出したモニカは、肩を揺らして笑った。

「面倒なくらい……。陛下に負けず劣らずの溺愛ぶりだものね。それに、ステファノ王子は第三王子で王位を継ぐわけではないから、少しは安心しているの」

モニカはそう言った途端ハッとし、サヤに視線を向けた。

「ごめんなさい。第三王子だから安心だなんて言って。サヤは次期国王のレオンと結婚するのに無神経なことを言ったわ」

「大丈夫です。私はレオン殿下と結婚できることを幸せに思っています」

サヤの手を取り謝るモニカに、サヤは慌てた。

モニカがジュリアを思って口にした言葉は理解できる。それに、モニカ自身が王妃としての苦労を経験しているのだ、ジュリアの結婚に安心するのもわかる。

「あの、お気になさらないでください。王妃殿下のお気持ちもわかります。私の母も、同じような思いで私を心配していると思います。ですが、母は明るく私を送り出してくれたので、私も頑張るつもりです」

サヤはそう言って、恥ずかしそうにうつむいた。

「とはいえ、まだまだ王妃にふさわしいとは思えないですが」

次第に小さくなるサヤの声に、モニカは首を横に振った。

「レオンだってまだまだ国王にふさわしいとは言えないわ。ラルフに追いつくにはたくさんのことを経験しなきゃならないもの。だから気にしなくていいのよ。私なんて結婚式の日に寝坊して、前王妃殿下にどれだけ叱られたことか」

「寝坊、したんですか？」

モニカの告白に、サヤは驚き顔を上げた。

「そうなの。あまりにも緊張して眠れなくてね。明け方ようやく寝入ったと思ったら寝坊しちゃった。メリーや優秀な侍女たちが手際よくドレスを着せてくれたおかげで間に合ったの」

なんてことのないように明るく話しているが、当時のモニカはかなり叱られ落ち込んだはずだ。

サヤは、前王妃殿下は、何事も完璧にこなす厳しい方だったと、レオンが話していたことを思い出した。

「あのときの陛下は格好よかったのよ。なにがあっても私を守ると言って、一緒に頭を下げてくれて。今思い出してもドキドキするほど素敵だったの。あ、ごめんなさいね。フフ、きっとレオンも同じよ。サヤになにがあっても全力で守ってくれるはず」

「は、はい……私もそう思います」

ぽっと頬を赤くし、サヤはつぶやいた。レオンからかけられた甘い言葉の数々を思い出し、どうしようもないほどドキドキする。

モニカはそんなサヤの様子に安心したように息を吐き出した。

「そうね、レオンならサヤを守ってくれるし支えてくれるわ。おまけに一途であきめることを知らないから、周りは大変なんだけど」

そこでふと口を閉じたモニカは、クスクスと笑いだした。

「これから大変なのは、他の誰でもない、サヤだわ」

いつの間にか大きくなった笑い声が温室に響く。

「私……大変でも、幸せ、です」

ようやく口にした思いは、サヤの本心だ。

「いつになったら私が王妃として認められるのかわかりませんし、そんな日は来ないかもしれませんが、今、とても幸せです。レオン殿下に大切にされているのがわかるので」

決して楽しいことばかりではないとわかっているけれど、レオン殿下が私以外の女性と幸せや苦労を分かち合うことなど考えられない。彼と共に生きていきたい。

「なにもかも、それこそ苦しみも、レオン殿下のそばで受け止めたいのです」

サヤは吹っ切れた表情で笑った。

「そう。王妃としてではなく、レオンの母親として、とてもうれしいわ。ありがとう。きっと、私と陛下に負けないくらいの素敵な夫婦になれると思うわ」

「……ありがとうございます」

モニカの優しさに、サヤは目の奥が熱くなるのを感じた。そっとうつむき、涙をこらえる。

すると、今までとは違う低い声で、モニカが言葉を続けた。

「あのね、サヤ……王妃になるのなら……知っておかなければならないことがあるの」

モニカはサヤの顔をじっと見つめ、口元を引き締めた。笑顔などどこにもない、覚悟を決めたような様子に、サヤは不安を覚える。

「今日は、サヤに伝えておくことがあるから来てもらったの。今、サヤが感じている幸せを守るために、しっかりと受け止めてほしいの」

「は、はい……」

体ごとサヤに近づくモニカに、サヤは戸惑う。ただ、決して簡単な話ではないのだろうと感じた。

モニカはしばらくの間考え込んだあと、長衣の内ポケットから小さな巾着袋を取り出した。手のひらにすっぽりと収まるほどのそれは、もともと白い綿だったようだが、かなり昔に作られたもののようで、薄い黄色に変色している。

「これは……？」

サヤが問えば、モニカは苦しげな表情を浮かべ、ためらいがちに口を開いた。

「これはね、私が陛下のために調合した毒なの」

「……は？　すみません、毒って聞こえたんですが、聞き間違いですよね？」

まさかそんなことはあり得ないとサヤは笑ったが、モニカは真面目な顔を崩さず、否定することもない。

「王妃に選ばれた女性は、結婚前に毒を……王が死を望んだときのため、安らかにその命を終えさせる毒を用意しなければならないの。その作り方は王妃だけが知っていて、次の王妃に伝えなければならないの」

「そんな、冗談、ですよね」

サヤはモニカの言葉が信じられず、目の前の袋を見つめた。

「冗談ではないの。これは、私が結婚前に陛下のために作った毒なのよ」

「嘘……」

まさか陛下のための毒を作ったなんて、信じられるわけがない。日々、お互いがお互いを生かしているような関係を見せつけられているというのに。

「まさか……」

サヤは乾いた笑い声をあげたが、ぶれることなく自分を見つめる瞳を見れば、モニカが冗談を言っているわけではないとわかる。

「事実よ。この中には、結婚前に私が調合した毒が入っているわ。それも、陛下のために作った毒が」

当然、サヤが驚くことを予想していたのだろう、モニカの声も表情も落ち着いている。手の上の巾着袋をサヤの目の前にかざした。

「毒……」

「そう、サヤがレオンのために作らなければならない、毒」

レオンのための毒。それはレオンの命を奪うということで……。

「あ……あ、そんな」

想像しただけで一気に血の気が引き、気が遠くなる。両手で自分の体を抱きしめ、守るように体を丸めた。

「信じられないし、つらいわよね」

モニカは目に涙を浮かべ、サヤの頭に手を置くが、その手は小刻みに震え、うまく撫でることができない。

「それでも、王妃としての義務だから、結婚式までに用意しなければならない。大丈夫。サヤは強いわ。それに、レオンを愛しているのでしょう?」

「はい、もちろん」

体を丸めたまま、くぐもった声でサヤは答えた。モニカの手以上にサヤの体も震えている。

「この毒はね、王家の長い歴史の中でずっと守られてきた習わしのようなものなの。王妃に内定したルブラン家の女性たちが皆経験してきた苦しみでもあるわ」

サヤは、静かに語りだしたモニカの声に耳を傾けた。

「これまで、王妃が作った毒を使って命を終わらせた王はいないの。でもね、このさき戦が起こったら、王は命を落とすかもしれない。それは、殺されることもあれば、自ら絶つ場合もある」

サヤの体がぴくりと震えた。

それに気づいたモニカは顔を苦しげにゆがめたが、そのまま言葉を続ける。

「自ら命を絶つなんて、決してしてはいけないことだけど、王という立場を考えたとき、そうせざるを得ない場合もないとは言えないでしょう？　そのとき、王妃の傍らで、王妃が作った毒で命を終えられるように、用意しておくの」

モニカはそこで言葉を区切ると、いつの間にか頬を流れていた涙をぬぐった。

「大丈夫よ、レオンは大丈夫。サヤがレオンを支えれば、絶対に毒を使うことなんてないわ」

モニカはサヤの背中を撫で、必死で励ました。

「毒の存在は、もちろん気持ちのいいものではないけれど、これは、決して王の命を絶つためのものではないの。サヤがレオンを愛して支えれば、毒ではなくお守りになるのよ」

モニカの切実な声に、サヤはゆっくりと顔を上げた。苦しみにかげる瞳から、涙がこぼれ落ちる。

「お守りって、どういうことですか？」

かすれた声で、サヤは尋ねた。

モニカは指先でサヤの涙をぬぐうと、安心させるように笑った。

「簡単なことよ。毒を使う状況を招かないために、王妃にしかできないことがあるっていうこと」

「王妃にしか……」

モニカの言葉が理解できず、サヤは首をかしげた。けれど、モニカの柔らかな表情を目の前にして、落ち込んだ心が浮上していくような気がした。

「そう、王妃だけができること」

モニカはサヤの肩を抱き、耳元に優しくささやいた。

「心からレオンを愛しなさい。そして、共に国のために力を尽くしなさい。これだけね、簡単なことでしょう？」

国王に即位したレオンを愛し、傍らで支え続ける。そして、ファウル王国の平和と発展のためにこの身を捧げる。それは王妃に内定して以来、心に留めていたことで、今さらどうして、と混乱した。

「あの……他にはなにかないのでしょうか」

レオンに毒を使うことなど考えられないサヤは、問いかけた。

「残念ながらこれだけよ。でも、とても大切で、大変なこと。サヤが王妃になれば、きっとわかるわ」

「そう……ですか」

サヤはモニカの手にある毒の小袋を見つめた。

どう見ても、お守りだとは思えない。毒はやはり毒でしかなく、レオンの命を絶つ忌まわしきものでしかない。

モニカはサヤの気持ちを推し量るように「大丈夫？」と声をかけた。

サヤがためらいながらもうなずくと、モニカは再び長衣の内ポケットに手を差し入れ、なにかを取り出した。

「これが毒のレシピよ」

「え……」

モニカに手渡されたのは、小さくたたまれた一枚の紙。サヤはこわごわと広げた。

「これって……」

そこに書かれていたのは、サヤがこれまで何度も調合してきた薬の名前だった。

誰もが一度は医師から処方されたことのある、一般的な薬だ。副作用も少なく、調合する七種類の薬草はすべて、王家の森で育てられている。安価なことも手伝い、医師も気軽に処方するのだが、それが毒となるのだろうか。

「これは、調合する機会が多くて、服用する人も多いのですが……。それに」

サヤは再び手元の紙を見る。そこには、もうひとつ、薬草の名前が書かれていた。

「リュンヌ……」

信じられない思いでサヤはモニカに視線を向けた。

これもまた、万能薬と呼ばれるにふさわしく、鎮痛効果と消炎効果に優れ、楕円形の葉がかわいらしい薬草だ。

他の薬草と違って王家の森でしか育てることを許されていないが、それは、与える水の量や気温に細やかな注意を払わなければならないなど簡単には育てられないせいだと思っていた。しかしモニカが書いたであろう紙にその名前があるということは、そうではないのかもしれない。

「ここに書かれている薬草はすべて、誰もが手にすることができます。毒は……誰にでも作ることができるということでしょうか」

毒のことなど知りたくない。そう思う一方で、毒と言われるにはあまりにも人々に知られすぎている名前を目にし、混乱している。もしもこれらを毒というのなら、病に苦しむ人たちに毒を与えていたことになるのだ。

「私は……城下で罪を犯していたのでしょうか」

サヤは事の重大さに気づき、震える声で尋ねた。

息を詰め、色が変わるほど唇をかみしめているサヤの姿に、モニカはくっと笑い声をあげた。

「サヤ……。あなたがとても真面目だということはジュリアから聞いていたけれど、もう少し肩の力を抜いたほうがいいわ」

モニカはサヤを落ち着かせようと、彼女の背中を優しく撫でた。

「誤解したのかもしれないけど、そこに記した七種類の薬草を調合したものはとても効果のあるお薬で、それがなければ治らない病気もあるわよ。もちろん知ってるわよね。それにリュンヌは言うまでもなく有名な薬草で、万能という名にふさわしいということも」

モニカの言葉にサヤはコクコクとうなずいた。

「だったら、罪なんて怖い言葉を口にするのはやめましょうよ。サヤは城下で人気者だったたって聞くわよ。罪といえば、そんなサヤを城下の人たちから引き離して王妃として独占するレオンに言ってやりましょう。ね」

楽しげに笑うモニカに、サヤは戸惑った。

「でも、これは毒のレシピだとおっしゃったので、えっと、どういう意味でしょう」

毒だと言われたり万能薬だと言われたり、サヤには理解できない。

「そうよね。私の書き方が悪かったわね」

モニカは戸惑うサヤに意味ありげな表情を見せると、ゆっくり口を開いた。

「リュンヌはたった一枚でいいの。七種類の薬草と、リュンヌ」

その言葉に、サヤは目を瞠《みは》った。

「合わせて八種類の薬草を調合して、毒を作るの。出来上がる毒の量はかなり少ないけど、一度しか使わないからそれで十分なの」

それまで明るい声で話していたモニカだが、次第に表情は曇り、悲しそうにうつむいた。

次期王妃に毒のレシピを伝えるのは避けることのできない義務だとわかっていても、やはりつらいのだ。前王妃から教えられたときの苦しみも忘れられないが、サヤの悲しむ姿もこの先ずっと忘れられないだろうと、唇をかみしめた。

「一度しか使わないって、それはレオン殿下に使うってこと……」

サヤはぼんやりとつぶやいた。

たった一度、それも、愛しいレオンの命を絶つために自分が毒を作る。

「やだ……できない」

毒のレシピだと言われても、ピンとこなかった。おまけに普段から手にすることの多い薬草の名前が書かれていては、どうしても毒とは思えなかった。

だけど、モニカから聞かされた内容は確かに現実だ。たった一枚のリュンヌの葉はとても小さく、乾燥させて砕けば微量の粉が残るだけ。それが、決められた分量の他の薬草と合わせれば毒になる。微量とはいえ、人ひとりの命を奪うのだ。

「毒なんて、レオン殿下のための毒なんて……作れない」

サヤの視界がどんどんぼやけていく。

「サヤ？」

モニカの焦った声が遠くに聞こえるが、今のサヤに答えるだけの力はない。おまけに足元がふわりと浮き、どこを向いているのかもわからない感覚に襲われた。

「サヤ、どうしたの、しっかりして」

モニカの声に右手を上げて応えるも、どれだけ手が動いたのかもわからないまま、サヤの意識が途切れていく。

「サヤ！」

そのとき、温室のドアが勢いよく開き、モニカとは違う声がサヤを呼んだ。

「レオン殿下……？」

遠のく意識の向こう側に、焦った顔をしたレオンが走り寄る姿を見ながら、サヤは意識を失った。

「サヤっ」

崩れ落ちるサヤの体が地面に打ちつけられる寸前、レオンの腕が伸び、サヤの体を受け止めた。


王宮にはたくさんの部屋があるが、南側にあるレオンの部屋はひときわ広く、とても明るい。部屋の奥に置かれたキングサイズのベッドはレオンが選んだもので、結婚後、サヤと共に朝を迎えることをレオンは楽しみにしている。

そのベッドで眠っていたサヤが、小さく身じろぎ、目を覚ました。

「サヤ、大丈夫か？」

ゆっくりと目を開いたサヤの顔を、レオンがのぞき込んだ。

「レオン殿下？」

「どこか痛いところはないか？」

心配そうなレオンの声を聞きながら、ここはどこだろうと視線を動かせば、レオンの部屋だとわかった。決して華美ではないが、上質の家具が置かれ、部屋の真ん中にはレオンが気に入っているという淡い黄色のラグが敷かれている。

「あの、どうして私はここに……？」

まだはっきりとしない意識の中、サヤはつぶやいた。そのままゆっくりと起き上がろうとするが、体は思うように動かない。

「もう少し休んでいろ」

「え？　どうして」

耳元に響く声に、サヤの体は一気に目を覚ました。

「あの、レオン殿下？　どうして、あの……」

「ん？　サヤのことが心配で仕方がないからに決まってるだろう？」

「そ、それにしても、これはちょっと」

サヤはどうにかして起き上がろうと体を動かすが、背後からレオンに抱きしめられていて自由がきかない。

「殿下、離していただきたいのですが」

「は？　別にいいだろ。今日の公務はすべて終えたし、あとは夕食の時間までのんびりできるぞ」

レオンは甘い声でそう言って、もがくサヤを腕の中に閉じ込めた。

サヤは首筋にレオンの吐息を感じ、体中を熱くした。

どうしてレオンのベッドで眠っていたのか、そして、どうしてレオンが同じベッドの中にいるのかわからない。

「サヤ……こうして抱き合って眠るって、いいな。結婚式が終わるまではと自制していたが……一度この心地よさを知れば、それまで我慢できるのか自信がないな」

「抱き合って、なんて、まだ……」

レオンの言葉に照れたサヤは体を小さく丸め、顔を枕に埋めた。

耳まで赤くなったサヤの姿に、レオンは満足そうに口元を緩める。

「まあ、結婚式までそれは我慢するとして、このくらいはいいだろう?」

レオンは肘をついて体を起こすと、サヤの体を仰向けにした。

驚いたサヤは慌ててシーツを体に引き寄せるが、一瞬早くレオンがそれを奪い、ベッドの下に落とした。

「殿下、あの」

「シーツではなく、俺がサヤを温めるから安心しろ」

レオンは弾んだ声と共にサヤの顔の両脇に手を置くと、そのまま唇を重ねた。

「ん……」

突然のキスに目を見開いたサヤは、反射的にレオンの胸に手を置き、力を込めた。

しかしレオンの力に敵うわけもなく、いっそう激しい動きで唇を貪られる。

そしてサヤの体を自分の体で押さえつけ、レオンはあらゆる場所に口づけた。唇から首筋、そして鎖骨へと順に下りて、胸元にたどり着く。

温室で気を失ったあと、レオンの部屋に運ばれたサヤは侍女たちによって夜着に着替えさせられているのだが、深く開いた胸元からはふたつの膨らみが微かに見えている。レオンはそこにも唇を這わせた。

「あ……っ」

初めての刺激にサヤは思わず声をあげ、背を反らした。

サヤの様子はあまりにも無防備でかわいらしく、レオンの熱情をさらにかき立てる。

「早くこうしてサヤを抱きたかった」

レオンのくぐもった声にサヤの体は震え、いっそう熱を帯びた。

「サヤ……いいか？」

そう言って、再びレオンがサヤの胸元に口づける。意味ありげに動く手がサヤの胸に触れ、意味を持って動きだす。

夜着の上からだというのに、その動きはサヤのすべてを支配し、サヤはぎゅっと目を閉じて、レオンの熱い手に意識のすべてを注いだ。

「で、殿下……」

レオンの体によってベッドに固定されているサヤは、唯一動かせる両腕を天井に向けて伸ばす。そして、サヤの胸に甘噛《あまが》みを続けるレオンの頭にそっと触れた。短くそろえられている髪は柔らかく、サヤの指にほどよくなじむ。

すると、レオンは突然身を起こし、サヤの胸元の隙間から手を差し入れた。

サヤは思わず息を詰め、体を強張らせた。

「大丈夫だ。今はこれ以上のことはしない」

熱っぽい瞳がサヤの心を射る。

「抱きたくてたまらないが、ここまで我慢したんだ。楽しみは結婚式までお預けだ。サヤも抱いてほしいだろうが、これで我慢してくれ」

レオンは再びサヤの唇にキスを落とし、舌で刺激を与えながら口を開かせると、彼女の舌を追い、絡ませ合った。レオンの手は相変わらずサヤの胸の形を変えるように動いている。

「んっ、ん……っ」

深い口づけと胸に直接感じるレオンの熱のせいでサヤの呼吸は荒いが、次第にその刺激に心地よさを感じ始め、レオンの頭を引き寄せ自ら舌を絡ませた。そして、さらに刺激を得ようと無意識に体を動かした。

するとレオンの動きが止まり荒い息遣いだけが部屋に響く。

「これ以上あおるな」

レオンは耐えるように言うと、サヤの体を抱きしめベッドの上を転がった。そして向かい合い、サヤを見つめる。

「サヤの感じる声、初めて聞いた」

落ち着かない呼吸の合間に、レオンがからかうように笑った。

「そ、それは、あの……」

突然刺激がなくなり寂しさを感じていたサヤは、レオンの言葉に我に返る。

これまでキスは何度も交わしていたが、ベッドで抱き合ったことも、もちろん直接胸に触れられたこともなかった。思わず漏らした声や自分から体を寄せてしまったことを思い出し「うー」とうなる。そして、恥ずかしさのあまりレオンの胸に顔を押しつけた。

公務で外出していたレオンは着替えを済ませておらず、上着は脱いでいるものの、シルクのシャツとベストは身に着けたままだ。ベストのボタンでサヤの顔が傷つかないかと心配するが、サヤはしがみついたまま離れようとしない。

レオンはしばらくの間サヤを愛しげに見つめると、平静を取り戻すように息を吐き出した。そしてサヤの頭に軽くキスを落とし、顔を埋めた。

次の瞬間、サヤが身じろぎし、いっそう強い力でしがみついてくる。

「サヤ、いい加減、顔を見せてくれよ」

レオンの笑い声に、サヤはかぶりを振った。

「俺だけのかわいい顔を、早く見せてくれ。今日は朝からやっかいな話ばかり聞かされて疲れてるんだ。サヤが笑ってくれれば疲れも消えて、明日も頑張れる」

「……そんなに疲れているのですか？」

サヤはもぞもぞと動きながらつぶやいた。

「ああ、こうしていてもすぐに眠れそうなくらい、疲れてるな」

「……そんなに？」

「もちろん、サヤとこうして一緒にいるんだ、もったいなくて寝ないが。だから顔を見せてくれ。せっかく近くにいるのに、もったいないだろう？」

言い聞かせるようなレオンの声に、サヤはのそのそと顔を上げた。恥ずかしくて照れくさい。どんな顔をしていいのかもわからないが、レオンが言うように、ふたりでいるのに顔が見えないのはもったいないと思ったのだ。

「……どうだ？　やっぱりお互いの顔を見るほうがいいな」

レオンがサヤの頬を優しく撫でる。

きめの細かいキレイな肌が真っ赤に染まり、瞳は照れくささのせいで揺れている。それでも、レオンに触れられれば心は凪ぎ、幸せが満ちる。このままずっとふたりきりでいたいと、子どものようにせがんでしまいそうだ。

「殿下、私……」

頬を撫でるレオンの手に、サヤの手が重なった。

鍛えられた屈強な体に似合わない、細い指。手のひらや甲に残る傷に触れると、痛みは残っていないのかと心配になる。騎士団にいたころは危険なこともあったのだろうと想像すれば、今さら胸が痛くなる。

そして、その痛みを押しやるように、レオンの手を頬に押しつけた。すると……。

「あ、ここ、痛くないか？」

レオンはサヤの腕を指さした。

「え？」

レオンはサヤの手から自分の手を引き抜くと、そのままサヤの腕を取った。サヤの右手には、五センチ程度の青あざができていた。

「さっき温室で倒れたときに打ったんだな。痛むか？　ちゃんと受け止めたつもりだったんだけど、ごめん」

青あざにそっと触れながら、レオンが申し訳なさそうに顔をしかめた。

「他にはないか？」

レオンは体を起こして上掛けを取ると、サヤの腕や足を確認した。躊躇なく夜着をめくるレオンに、サヤは再び顔を赤くする。

「腕の一カ所だけだな」

レオンはホッとしたようにうなずくと、その青あざに口づけた。

「えっ……」

サヤは思わず声をあげた。レオンの唇が触れた場所が熱を持ったようでドキドキする。

「今は痛みがなくても、じきに痛むかもしれないな。細かいすり傷もいくつかあるし」

「そうですね。でも、これくらい大丈夫ですよ」

「いや、ひどくなると大変だから……ちょっと待ってろ」

レオンはそう言うと、ベッドを降りて奥のクローゼットに入っていった。

「どうしたんだろう」

サヤは首をかしげつつ起き上がると、ふとモニカを思い出した。それだけでなく、彼女が長衣の内ポケットから取り出した毒のレシピのことも頭に浮かんだ。

「あのレシピ、どうなったんだろう……」

「それに……」

サヤが倒れたあとモニカはどうしているのか、気になった。

その必要はないのに自分を責めていらっしゃるかもしれない。私が意識を失ってしまったのは、心が弱すぎるせいだ。もっと強ければ、毒の存在を知らされても、あれほど混乱することはなかっただろう。

今も、毒のことを考えれば体中が痛みを覚える。レオンの命を絶つものを自分の手で作らなければならないのだ、どうしようもなく切なくなる。

しかし、温室で感じていたほどの苦しみは、今はもう残っていない。レオンに抱きしめられていたせいで、それどころではなかったのだ。

レオンの体温を意識して、身動きひとつとるのにも緊張した。おまけにレオンの手はサヤを誘惑するように動き、翻弄した。それどころか、サヤに与えられた刺激は今も彼女の体に残り、毒以上に彼女を悩ませている。

自分のものとは思えないような声を漏らし、自分の意に反して体はレオンを求めていた。

「恥ずかしすぎる……」

サヤは両手で顔を隠し、再びベッドに突っ伏した。

「サヤ？　やっぱりどこか痛むのか？」

いつの間にか戻ってきたレオンが、心配して慌てて声をかけた。ベッドに腰かけ、サヤの体をそっと起こす。

「あ、あの、大丈夫です。どこも痛まないし、平気です」

サヤは恥ずかしそうにつぶやいて、視線を泳がせた。レオンに見せた自分の姿が恥ずかしすぎたせいだなんて、言えるわけがない。

「そうか。だったらいいんだが」

腑《ふ》に落ちない様子でレオンはうなずきつつ、手にしていた薬草をサヤに差し出した。

「一応、これを貼っておけ。王妃殿下が前に鉢植えを置いていったんだ」

レオンが手にしていたのはリュンヌの葉だった。サヤの右手を取り、青くなっている肌に貼りつける。そして、一緒に持ってきていた布をその上から巻いて固定した。

「すぐにあざも薄くなるだろう」

満足げなレオンに、サヤは複雑な思いを抱く。

リュンヌの効能は誰よりも理解しているが、万能薬である一方で、他の薬草との調合次第で毒になる。それもレオンの命を奪う毒になるのだ。

少なくとも今はリュンヌを見たくなかった。

すると、レオンはサヤを引き寄せ、肩を抱いた。

「リュンヌが気になるんだろう？」

レオンの問いかけに、サヤは気まずそうに笑った。

「毒だと聞けば、誰でも驚くよな。王妃の義務だとか言われても、すぐに受け入れられないのもよくわかる」

うんうん、とレオンはうなずいているが、その声が弾んでいるように聞こえ、サヤは視線を上げた。

「今まで何度も手にしていた薬草が毒に変わるんだ。ショックを受けて気を失っても仕方がない」

話す側も聞く側も決して楽しい話題ではないのに、なぜかレオンは笑っている。それも、サヤを気遣っての作り笑顔には見えない。

そのことに、サヤは違和感を覚えた。

「殿下は、なんとも思っていないのですか？」

レオンの笑顔が信じられず、サヤはいつになく荒い声をあげた。

「私は、殿下の命を絶つための毒を作らなければならないと聞いて、悲しくて苦しくて、どうしようもなくて……」

「うん、それは大変だな」

レオンは大したことではないように相槌《あいづち》を打つ。

「そんな他人事のように言わないでください。わ、私は殿下が死んだらどうしようって、それも、私が作った毒で……そんなの絶対に嫌」

「俺もサヤを置いて死にたくないな」

相変わらずのんきなレオンの声に、サヤはわなわなと震えた。そしてこぶしを握りしめ、ベッドの端に腰かけているレオンににじり寄る。

「殿下は怖くないのですか？　自分に使われるためだけに私が毒を作ること、平気なんですか？」

サヤはレオンの目の前で膝立ちし、感情に任せて言葉を落とすが、それでもなおレオンは笑顔を浮かべている。その満ち足りた顔を見ていると、自分が口にした言葉は愛の告白だったのだろうかと不安になる。

「殿下……」

結局、私がなにを言っても彼の心には響かないのね……。

レオンは毒を飲むことにためらいはないのだと感じ、サヤは自分が見捨てられたような気がした。

国のために命を落とすのならば、例え私ひとりを遺しても平気なのだろうか。ほんの少し前まで、強く抱き合い深く口づけを重ねたというのに、あれは意味のないものだったのだろうか。

「どうした？　その困った顔も捨てがたいが、一番好きなのは、はにかみながら俺を見る顔だな」

レオンは力強い声で言い切った。

それはそれでサヤはうれしいのだが、今はそれを知りたいわけではない。

「殿下、毒ですよ、毒。私が殿下の命を絶つお手伝いをするのですよ。なんとも思わないのですか？」

サヤは感情的になってはいけないとわかっていても、あふれる言葉を止められなくなっていた。いつの間にか、お互いの膝と膝を突き合わせるほどの近い距離までレオンに近づいた。

「サヤ？　こうして近くに来てくれるのはうれしいが、そろそろ夕食の時間だ。とりあえずキスだけでもいいか？」

「キ、キスは今はいいです。私がお聞きしているのは、毒のことで――」

身を乗り出し一生懸命話すサヤを、レオンは「ちょっと待て」と制した。そして、サヤの眉間に浮かぶしわを指先で伸ばし、彼女の唇に軽くキスをする。

「悩みすぎると体を壊すぞ」

毒のことなど自分には関係がないかのように言っているレオンに、サヤは激しく苛立った。

「レオン殿下、私は嫌なんです。殿下に毒を作るなんて絶対にできない。だって、殿下のことが好きで、これからずっと一緒にいたいし、殿下の子どもを産みたい。王妃としてはまだまだ未熟ですが、それでもずーっと、夫婦でいたいのです」

「俺もサヤと一緒にいたいし、俺の子どもを産むのはサヤひとりだと決めているぞ。当たり前だろう」

なにを今さら、とレオンは笑った。

「だったら。だったらもっと自分の命を大切に、真面目に考えてください。長く私と共にいられるように、しっかりと。私が毒を作ってしまったら……もしかしたら殿下はその毒で死んで――」

「死なない」

「……え」

「死なないから安心しろ。例え毒があったとしても、それを使う機会はない」

今までの軽やかな口調から一転、レオンは表情を引き締め、しっかりとした口調でサヤに言い聞かせる。

「毒があったとしても、使わなければ単なる薬草だ」

「薬草……」

「そうだ。おまけにリュンヌ以外の薬草は既に調合してあるんだ。サヤがすることといえば、薬さじで分量を量って混ぜるだけ。そんなの誰でもできる」

レオンはサヤの両肩に手を置き、「そうだろ?」とにっこり笑う。

その口調の強さに気《け》おされそうになりながら、サヤはレオンの言葉を反芻《はんすう》する。

「誰でもできる……」

「そうだ、分量さえ知れば、誰でも。ただ、その分量は王妃の頭の中だけにしまわれているから、俺たちの子どもに王位を譲るときまで、記憶の奥に分量はしまっておけばいい」

「は……はい。え？　頭の中？」

「そうだ。今日温室で王妃殿下から見せられたレシピだって、サヤに会う直前に慌てて書いていたんだ。そして、サヤが倒れたあとすぐに焼却炉にポイだ。俺だって正確な分量は教えてもらえない。今それを知っているのは、この世で王妃殿下とサヤだけってこと」

紙に書いて残しておけば、誰かの目に触れる危険がある。その危険を避けるために、王妃自ら次期王妃に直接伝えなければならないのだ。

「王妃殿下と私しか知らないなんて、気が重いです」

今にも泣きだしそうな声でサヤはつぶやくが、レオンはそんな彼女に表情を緩めた。

「毒といってもたかが薬草の詰め合わせだ、とっとと作ってすっきりしろ。それを使わなければならないような状況は、俺が王位に就いている間は起こるわけがない」

悩んでいる自分がおかしいのではないかと思えるほど、レオンはあっけらかんと言ってのけた。

「……すごい自信ですね」

サヤにとって気を失うほどの苦しみは、レオンにとっては取るに足らないささいなことなのだ。しかし、それに気づいたからといって、サヤが毒を作らなければならないことに変わりはない。ただ、ひとりで抱えていた苦しみの一部をレオンが引き受けてくれたようで、不安だらけだったサヤの心は落ち着いた。

「……とっとと作ってしまおうかな」

そうすれば、案外楽になるのかもしれない。

「そうだな。リュンヌなら奥のクローゼットにもあるし、王家の森に取りにいってもいいし。早めに作って結婚式の準備に集中しよう」

「はい、そうします」

毒を作ることに納得したわけではないけれど、レオン殿下の言葉どおり、それを使う機会はないはず。賢王になるに違いないと言われている彼を信じよう。そして私は、王妃としてできる限りのことをして支えよう。毒を使うことのないように。彼と長く一緒に生きられるように。

「殿下……」

サヤは両手を広げ、ゆっくりとレオンに抱きついた。

「どうした？　甘えたいのか？」

彼女の体を受け止めたレオンの声にうなずくと、サヤはさらに強い力でしがみついた。そして、どうしても止めることができない涙を隠した。

数日後、サヤはリュンヌの準備を終えると、レオン曰《いわ》く『薬草の詰め合わせ』を王家の森にある離宮で作り終えた。

モニカが巾着袋に詰めていたことを思い出し、サヤも不器用ながらも小さな巾着袋を縫い、その詰め合わせを閉じ込めた。二度と取り出すことがないよう、リボンで縛る部分はきつく糸で縫い合わせた。

手のひらにすっぽり収まる巾着袋。あまりにも小さくて、おまけに明るい黄色の布で作ったせいか、毒が入っているとはまるで思えない。けれど、確かに毒なのだ。

何度考えても毒を作る意義は見つけられないが、サヤは王妃としての義務だと自分に言い聞かせている。

毒について特に不安を覚えていないレオンが、毒について口にすることは二度とないだろう。サヤもこれ以上毒のことで悩みたくはない。

出来上がった巾着袋を王城に持ち帰ると、サヤはそれを作業部屋にしまった。

ジュリアから譲られた部屋の奥にある、木製の小箱。しっかりとした造りのそれには鍵がついていて安心感があることから、サヤはそこに巾着袋を入れることにしたのだ。

「よし。二度と見ることがありませんように」

サヤが王妃である間に毒が必要にならないよう願いながら、彼女は巾着袋が入った小箱を壁面全体に据えつけられた棚の奥に隠した。

いよいよジュリアの結婚式が近づき、王宮内は慌ただしさを増していた。大国同士の結婚ということで、近隣諸国から届く祝いの品は数多く、その種類も多岐に渡っていた。

「あ、これキレイ。へえ、アロマオイルなんだ。いい匂いがするけど、ステファノ王子は香水も苦手で、私がつけるといい顔をしないのよね。これもここに置いていくからサヤが使ってね」

「え、でも、とても高価なもののようですよ。せっかくですからラスペードにお持ちになって、あちらの王妃殿下に差し上げてもいいと思いますが」

ジュリアの申し出に、とんでもないとでもいうように、サヤは慌てて返事をする。

「そう？　この香り、お兄様が気に入りそうなんだけど。それに、高価だといってもこれだけの量が届けられたらどうでもよくなっちゃうわ」

ため息をついて苦笑するジュリアに、サヤも同意する。

広いジュリアの部屋に運び込まれた祝いの品は、部屋中に積まれ足の踏み場にも困るほどだ。サヤとジュリアは、朝から侍女たちと共に大量の品々を整理しているのだが、既に夕方近くだというのに終わりが見えずにいた。

ジュリアは傍らのテーブルに用意されている紅茶を手に取った。そして、朝から続く作業で疲れた体をソファに沈め、ふうっと息を吐き出した。

「サヤも一緒に紅茶を飲みましょうよ。まだ温かいわよ」

サヤは手招きするジュリアにうなずくと、彼女の向かいに腰を下ろした。

「そういえば、ラスペードは紅茶の産地なのよね。楽しみだわ。あ、よければサヤとお兄様にも送るわね」

「はい。楽しみにしておきますね」

そのとき、ドアをノックする音が響いた。

誰だろうとふたりは顔を見合わせる。

「どうぞ、いいわよー。あ、でも部屋中ひっくり返ってるから気をつけてね」

するとドアが開き、ジークが顔をのぞかせた。

「そろそろお済みで……いらっしゃらないようですね」

がっかりした表情を見せながらも、ジークの声は明るい。きっと、それほど整理が進んでいないだろうと予想していたのだろう。

ジークは、足元に気をつけながらサヤたちの元にやってくると、両手で大事に抱えていたものをサヤに差し出した。

「レオン殿下が即位式でお召しになる軍服でございます」

「あ……これが……？」

サヤは目の前の軍服を、両手でそっと受け取る。ずっしりとした重みを感じ、レオンが背負う国王としての責任の一端に触れた気がした。

ゆっくりと広げれば、ロイヤルブルーが目に鮮やかで、詰襟と袖の部分には金糸で丁寧に刺繍がほどこされている。着丈が長めなせいか、あわせ部分の金ボタンは広めの間隔で五つ、並んでいる。

ウエスト部分が少し絞られていて、長身のレオンにはぴったりだと、サヤは表情を緩めた。

「お兄様に似合いそう。まあ、見た目がいいからなにを着てもそれなりに似合うんだけど。やっぱり即位式で着るだけあって、刺繍もかなり手が込んでるわね」

ジュリアは軍服の袖や詰襟部分を熱心に見ている。

「あ、金色の刺繍糸も丈夫でいいものを使ってるわ。いいなあ、この糸、欲しい。この抜群のなめらかさを出すなんて、職人の意地とプライドを感じるわ」

ジュリアはそっと刺繍に触れると、宝物を発見した子どものような生き生きとした表情を浮かべた。

「これだけの刺繍ができる人ってどんな人だろう。一度お会いして修業させてもらいたいわ」

食い入るように軍服を見つめるジュリアの傍らで、サヤはいよいよこのときが来たと、緊張感で震えた。


何度も練習を重ね、サヤの刺繍の腕は格段に上がっていた。それこそ寝る間も惜しんでの練習は、サヤの指を傷つけ、布に血の痕が残るほど続いた。レオンの健康と、国王としての責任を無事に果たせることを願い、一生懸命練習に励んだのだ。

ジュリアが傍らで教えてくれることも多々あり、サヤは心から感謝している。

努力を重ねた自信からか、いざ軍服を目の前にしたサヤは落ち着いた気持ちで針に糸を通した。そして、軍服の袖の裏地にゆっくりと、ひと針目を刺す。

ビオラの刺繍がほどこされると決まっている裏地は、紫の刺繍が映えるよう、白と決められている。作業中、裏地を汚さないよう気をつけながら、ひと針ひと針心を込める。

ジュリアに教わりながら一生懸命に練習に励んだ日々を思い出し、サヤは丁寧に手を動かした。

「レオン殿下が健康でありますように」

濃い紫の糸で、ひと針。

「ファウル王国の平和がこの先も長く続きますように」

ほんの少し淡い紫の糸でひと針。

「レオン殿下といつまでも仲のいい夫婦でいられますように」

白い糸でひと針。

ジュリアから譲り受けた作業部屋でひとり、サヤは刺繍を続ける。そろそろ春の気配を感じる柔らかな日差しが注ぎ込み、彼女を照らしている。

「殿下が気に入ってくだされば いいけど」

国を思い、レオンを愛するサヤは、長い時間をかけて刺繍を完成させた。白地に浮かび上がった紫のビオラは極上の出来映えで、サヤは長く続いた緊張感をようやく解くことができた。

サヤは軍服を胸に抱え、レオンがいるはずの執務室を訪ねた。

ノックのあとドキドキしながらドアを開ければ、山積みの書類を片づけていたレオンがまるでサヤを待っていたかのように、両手を広げた。

サヤは弾むように駆け寄ると、レオンの胸に飛び込んだ。

「お疲れ様です……」

「ああ、サヤも疲れただろう？」

レオンは軍服に気をつけながら、サヤを癒すように抱きしめた。

「サヤが作業部屋にこもっていると聞いてから、書類の文字も目に入らないくらいそわそわしていたんだ。自分が任された仕事なら緊張することもないが、サヤが俺のために頑張っていると思うと、なにも手につかなかった」

サヤの頭上で、レオンの笑い声が響いた。

努力は裏切らないという言葉どおり、サヤが咲かせた紫のビオラは極上の出来映えで、サヤの苦労を間近で見ていたレオンはそれを見て感動した。

「袖を通すのは即位式のときだけと決まっているが、早く着たくてたまらないな。サヤの心がこもったビオラが、俺に力をくれるはずだ」

レオンの潤んだ目を見て、サヤの胸も熱くなる。

「もちろん刺繍に思いを込めましたが、私自身も殿下のために精一杯力を尽くしますから」

視線を上げ、力強い声で宣言すると、サヤは気持ちを整えるために一度、深呼吸をした。そして、再び口を開く。

「新しい国王のもとで国が発展し、平和なときが長きに渡り続くよう、お祈りいたします」

なめらかな声が、部屋に響いた。

サヤは、刺繍を終えた軍服を新しい国王に手渡すときにはこう述べるのだと、モニカに教わっていた。刺繍の出来映えも気になっていたが、この文言をうまく言えるだろうかと緊張し、昨夜はベッドの中で何度も繰り返した。

「は……？　サヤ？」

刺繍の練習だけでいっぱいいっぱいだったサヤに、まさかその言葉を覚える余裕があるとは思っていなかったレオンは、喜びのあまり顔をくしゃくしゃにして笑った。

「その言葉、いつ覚えたんだよ」

勢いよくサヤを抱きしめたレオンは、その後しばらくの間、うれしそうに笑い声をあげていた。

ようやく落ち着くと、サヤを抱いていた手を緩め、その顔をのぞき込む。そして意味ありげに口元を上げたかと思うと、力強い声でサヤの心を揺らした。

「新しい王妃の支えのもと、国の輝かしい未来に向けて努力を重ねることと、夫婦仲睦まじく年を重ねることを、誓う」

新王妃の言葉に呼応する新国王の言葉。レオンもラルフから教わっていたのだ。

それを聞いたサヤは、あっという間に目を潤ませ、そして涙をこぼした。まさか自分の言葉に応える言葉があるとは聞いていなかったのだ。

サヤはレオンが口にした言葉を小さな声で繰り返した。

例え、慣例にのっとった、あらかじめ決められている言葉だとしても、レオン殿下が『夫婦仲睦まじく』と誓ってくださった……。

言葉を失うほどの熱い思いが、サヤの体にあふれだす。レオンのサヤへの愛情を疑っていたわけではないが、真摯に口にしたその言葉の意味は重く、サヤの心を揺さぶった。

「わ、私も、夫婦仲睦まじく、年を重ねると、誓……い、ます」

サヤもレオンの言葉に答えるように気持ちを告げたが、最後は涙でくぐもり、レオンには届かなかった。

それでも、レオンの目をまっすぐ見ながらつぶやいたサヤの心は、しっかりと伝わった。レオンはサヤの涙をぬぐい、そっと唇を重ねる。

「あー、じれったいな。即位式も待ち遠しいが、結婚式はもっと待ち遠しい。早くサヤを一晩中抱いて、愛し合いたい」

我慢できないとばかりにそう言ってみても、王家のしきたりを破ることは難しく、レオンは肩を落とした。しかし、いったんサヤを抱きしめれば、そのまま自分の部屋に連れ帰り、閉じ込めてしまいたくなる。

「いっそ、ジークにバレないように……」

このまま夕食も食べず、部屋でサヤを抱いてしまおうか。

許されないとわかっていても、レオンのために見事に王妃としての義務を果たして素晴らしい刺繍を終えたサヤが愛しくてたまらないのだ。

「殿下？」

サヤが視線を上げれば、厳しい表情を浮かべ、耐えるように考え込むレオンの姿が目に入った。それは初めて見る表情で、物憂げに伏せられた目元や引き結ばれた口元に、ドキリとした。

たった今まで刺繍の出来映えに喜び、私が慣例である文言を口にすれば感激の涙を浮かべていたというのに、なにを考え込んでいるのだろう。

「殿下……」

サヤの遠慮がちな声に、レオンは視線を向けた。

「いや、なんでもない。ただ……俺は幸せだと感じていただけだ」

「幸せ……ですか。はい、私も、とても幸せです」

サヤは躊躇なく答えた。

王家に嫁ぐことへの不安は大きく、立派な王妃になる自信もない。それでも、他の誰でもなく大好きなレオンと結婚できる喜びは、そんな不安を吹き飛ばすほど大きい。

結局、どれほどの不安を抱えていても、レオンに愛されていれば彼女は幸せなのだ。

それはレオンにも当てはまり、王位に就く不安に押しつぶされそうになったときにも、サヤがそばにいるだけで乗り越えられた。

「こうして腕の中にサヤがいるんだ。これが幸せでなくて、なんだろうな」

サヤを抱きしめながら、レオンは楽しそうに体を揺らした。

「私も、殿下に抱きしめられるだけで、強くなれそうな気がします。それに、怖いものなんてなにもない……あ、でも暗いところは怖いですけど……」

サヤは恥ずかしそうにそう言って顔を赤らめた。

レオンはサヤの言葉に目を開き、右手で口元を隠した。自分の思いを素直に伝えてくるサヤがかわいすぎて、顔に力が入らないのだ。

今夜サヤと別々のベッドで眠る自信は徐々に失われ、やはり王家のしきたりなど破ってしまおうかと葛藤が続く。

俺たちは愛し合い、婚約もしている。だったら我慢などせず、とっととサヤを俺の部屋に移してもいいだろう。

「ジークさえ味方につければなんとかなるんだが……」

いずれ賢王になると言われている男の口から出たとは思えない言葉に、サヤは首をかしげた。

「ジークさんがどうかしましたか？」

「ん……？」

つぶらな瞳でレオンを見上げたサヤの言葉がレオンの心をさらにあおり、レオンはいよいよ決心した。

「サヤ、今夜はこのまま、俺の部屋で――」

覚悟を決めたレオンが思いを口にしたとき、バタンという大きな音と共に勢いよくドアが開けられた。

「殿下、大変です」

「な、なんだ？」

レオンは素早くサヤの前に身を移して彼女をかばうと、胸元から短刀を取り出し身構えた。

突然部屋に飛び込んできたのは騎士のひとりで、レオンの前に片膝をつき、頭を下げた。続いて、息を切らしたジークも飛び込んでくる。

「申し訳ありません。止める間もなく、この者がいきなり……」

ジークはその場に座り込み、浅い呼吸を繰り返す。

「……いったいなんだ？　しばらく人払いを言い渡しているはずだが」

「申し訳ありません。緊急事態でございます。ラスペードとの国境沿いの採掘場に不審者が入り込み、作業員たちを人質にとって立てこもりました」

騎士の言葉に、レオンは激しく反応する。

「は？　人質だと？」

レオンは声を荒げた。

「かなりの人数の作業員たちが働いているはずだ。みな無事なのか？」

「はい。人質となっているのは約十名で、今のところケガもなく無事だと聞いています。不審者は五名前後で、事務所に爆薬を持ち込んだ模様です」

「爆薬……ふざけたことを」

レオンは怒りで顔をゆがめ、こぶしを握りしめた。

「で、要求はなんなんだ」

「ラスペードのステファノ王子とジュリア王女の結婚を取りやめろと。おそらく、両国の関係が強化されることで周辺国への影響力が強まることを懸念した小国の一部が差し向けたのだと思われます」

「愚かな。大国の安定によって交易も盛んになり、小国への物資の供給や援助も増えるというのに」

レオンは手にしていた短刀を胸元に戻すと、サヤを振り返った。

サヤは胸の前で両手を組み、不安げにレオンを見つめている。

「殿下、大丈夫ですか?」

レオンの厳しい表情と騎士の言葉から、サヤは状況の深刻さを理解した。

「どの国のバカがしでかしたのかわからないが、放っておくわけにはいかない」

レオンは鋭い視線をサヤに向けた。その表情は、王太子ではない、国王としての自覚にあふれている。ついさっきまで見せていた甘くとろけそうな姿は消え、国を守ろうとする威厳すら感じられた。

「しばらく城を空けることになるが、すぐに戻る。陛下と王妃殿下のことを、よろしく頼む」

「……はい。承知いたしました」

あふれる不安を隠すようにサヤはうなずいた。それでも、震える体はどうしようもなく、レオンが発する張りつめた空気に気おされそうになる。

「長くはかからない。ジュリアの結婚式には十分間に合うから安心していろ」

レオンは力強くうなずき、手の甲でサヤの頬をするりと撫でた。

ひととき、ふたりは見つめ合う。

軍服への刺繍を終え、王妃になる自覚が芽生えた途端の事態に、サヤの胸は痛んだ。しかし、惑うことなく立ち向かおうとするレオンに、そんな弱い姿は見せたくはない。既に心はファウル王国の王妃、大丈夫だと視線で伝え、ゆっくりとうなずいた。

レオンはサヤの意を正確に受け止めると、再び騎士に振り向いた。

「至急ラスペードに早馬を出せ。両国騎士団の総力を挙げて解決にあたる」

「はい、すぐに手配いたします」

「それから、騎士たちをすべて召集しろ。第一団から第三団は準備が整い次第現場に向かい、第四団と第五団は王城を守るために残る。そして、第十団までは城下の警備にあたる。いいな」

「わかりました」

騎士はそう言って立ち上がると、深く一礼し、慌ただしく部屋を出ていった。

「王城の警備は万全だから心配するな。城下と王家の森にも騎士団を寄越す」

それまでの甘い雰囲気とは違う凛々しい声で、レオンはサヤに告げた。

「はい、こちらは大丈夫です。殿下もお気をつけて」

「ああ、安心して待ってろ。ジークも、頼んだぞ」

不安など微塵《みじん》も見せず、レオンはジークに笑いかけた。

「レオン殿下。大切なお体ですから、十分お気をつけてくださいませ」

ジークは落ち着いた声でレオンに答えた。

「ああ。わかってる。しかし、どの者の体も大切だ。ジークも体を大切にしろよ。城内を走ったくらいで息が上がるようじゃ、俺とサヤの子どもの世話はできないぞ」

部屋の外は俄然《がぜん》騒がしくなり、大きな声が飛び交い始めた。採掘場での騒ぎが知らされ、使用人たちも慌てているのだろう。

その慌ただしさにつられ、サヤの心も落ち着きを失いそうになるが、ここでしっかりしなければ、レオンに要らぬ心配をかけることになる。

「殿下、無事にお帰りくださいませ」

凛とした声でそう告げて、深くお辞儀をした。

レオンは一瞬切なげに目を細めたが、すぐに表情を整える。

「俺が戻ったら、サヤの部屋にあるものをすべて俺の部屋に移そう」

レオンはそう言って部屋を出ていった。

採掘場には、馬で駆ければ夕暮れまでには間に合うはずだ。レオンが一刻も早く戻ってきますようにと、サヤはぎゅっと目を閉じた。

第六章　王妃としての覚悟

ファウル王国には総勢千人を超える騎士がいるが、その中から五百人が採掘場に向かうこととなった。ラスペード王国からも同数の騎士たちが派遣され、合わせて千人の騎士が現場に駆けつけた。

国境沿いの山の中腹にある現場は、採掘のために周囲が整備され、物資の運搬も滞りなく行われている。現場事務所に立てこもった犯人は、鉱石を運搬する馬車の荷台に隠れて侵入したようだが、その姿を見た者たちは一様に『どこにでもいる農民にしか見えなかった』と口をそろえている。

六交代制が敷かれている現場では、正午を合図に作業員が交代するのだが、現場を離れる者と仕事を始める者とが事務所で引き継ぎを行っているときに、爆弾を抱えた男性十人ほどがなだれ込んできた。作業員の多くは慌てて事務所を飛び出したのだが、逃げ遅れた者たちは人質として捕らえられてしまった。

犯人たちはみな日に焼け、おどおどした様子だった。作業員たちに爆弾を見せて脅すと、後ろ手に縛って部屋の片隅に座らせたが、慣れた様子ではなく、戸惑いを顔に浮かべていた。

「……以上が事務所を飛び出した作業員たちの証言です。農民たちの仕業となると、背景に誰か面倒なやつらがいるかと思われますが」

騎士のひとりから状況の説明を受けたレオンは表情を引き締めた。

「ああ。やっかいな状況だな。金目当ての慣れた奴なら引き際を見極めるだろうが、農民か……」

レオンは怒りを含んだ声でつぶやき、顔をしかめる。

半時間ほど前に現場に着いたレオンは、既に用意されていたテントの中にいた。

現場である作業事務所からすぐの野営地には、休息をとる作業員たちのためにいくつものテントが用意されているのだが、その中でも一番広いテントに、レオンを始めファウル王国とラスペード王国の上級騎士たちが顔をそろえている。

ラスペード王国からも騎士団長を始め、五百人の騎士が隊を作り駆けつけたが、ファウル王国同様、優秀な騎士たちばかりで、冷静に事の成り行きを見守っている。

「ラスペードの国王はなんとおっしゃってる？」

レオンは、脇に控えるラスペードの騎士団長、フェリックに尋ねた。

そろそろ五十歳になるフェリックはその人柄と剣の腕前で騎士団長として長年王家

に仕えてきた。他国の人間ながら、レオンもフェリックのこれまでの功績を尊敬し、一目置いている。

「国王陛下は、この状況に胸を痛めておいでですが、現在、いくつかの国への視察を終えて帰国の最中でございます。早馬を走らせ確認いたしましたが、レオン殿下が現場にいらっしゃるのなら、すべて一任するとおっしゃっておいでです」

フェリックが丁寧な口調でレオンに伝えた。

「じゃあ、両国の騎士が誰ひとりとして傷つかないよう作戦を練るか」

レオンは少し離れた場所にある作業事務所に視線を向けた。

採掘現場に近いその事務所は、少し前にもボヤ騒ぎがあり警備を強化していたのだが、犯人たちは作業員の交代による慌ただしさを狙い、侵入したのだろう。

「犯人が農民だとすれば、彼らに指示した人間がいるだろうな。ジュリアとステファノ王子の結婚を妨害したいやつが」

「そのことでございますが、目星はついております。お恥ずかしい話ながら、我が国の筆頭公爵家であるミリエッタ家がきっと……背後で糸を引いていると思われます」

フェリックの言葉に、ラスペードの騎士たちは驚くことなくうなずいた。

「ミリエッタ公爵は国王陛下の遠縁にあたるのですが、そのことに甘え、なにかとミリエッタ家への優遇を求めてくるのです。陛下もそれには困っておられるのですが、争いを好まない方ゆえ、特になにも対処なさらず……」

恐縮するフェリックの言葉に、レオンは苦笑した。

「なにかと面倒な公爵だとよく耳にするが、陛下も大変だな」

「はい。おまけにご息女を王太子殿下に嫁がせようと画策していたようですがうまくいかず、第二王子第三王子も婚約が調われてしまい」

「その怒りの矛先がジュリアとステファノ王子の結婚に向けられたということか？」

レオンの呆れた声に、フェリックは体を小さくし、頭を下げた。

「申し訳ございません。ミリエッタ公爵が領民を使ってこのようなことを……」

フェリックの謝罪の言葉に合わせ、彼の周囲に控えるラスペードの騎士たちも膝をつき、レオンに頭を下げた。

「なんて短絡的な男なんだ……。で、そのミリエッタ公爵が関係しているという証拠はあるのか？」

「はい、先ほど窓越しに立てこもった者たちの顔を確認したのですが、皆ミリエッタ家の息がかかっている農家の人間でした。ミリエッタ家の領地は天候不良が続き、農民たちは食べることにも苦労しているようで……」

フェリックの言葉に、レオンは怒りを交えたため息をついた。

「そうか。その者たちは、経済的に苦労しているんだろう。報酬が欲しくてやむなくこんなバカげたことをしているのではないか？」

レオンの鋭い言葉に、フェリックは悔しげにうなずいた。

「で、ステファノ王子とジュリアの結婚を取りやめることが、爆破中止の条件ということだな？」

「申し訳ございません。我が国の者が……」

フェリックは怒りに震える声で謝罪する。

「そうか。なんともずるいやり方だな。ミリエッタ公爵だったか、自分の手は汚さず力のない者につらいことをさせるとは」

レオンは胸にあふれる憤りをようやくの思いで抑え込んだ。

まず今は、捕らえられている作業員たちを助け出すことが第一だ。そして、爆弾というこれまで目にしたことも手にしたこともないものを持たされ犯罪を犯すことを強要された農民たちも救わなければならない。強要されたからといって犯罪に手を染めていいわけではないが、同情の余地は十分にある。

「とにかく全員を救出するぞ……作業員だけでなく、犯人たちも全員」

レオンはそう言ってテントから外に出た。そして周辺で待機している騎士たちに顔を向けると、慣れた仕草で合図を送った。

すると、一部の騎士たちが足音も立てずひそやかに歩きだす。ファウル王国騎士団の中でも足に自信のある者たちで作られた第二団の騎士たちだ。百人ほどが、事務所の周りをあっという間に取り囲んだ。

それはほんの数十秒の出来事で、他の騎士たちは第二団の後ろについた。

ファウル王国とラスペード王国、両国合わせて総勢五百人以上の騎士が事務所から麓近くまで整然と並ぶ姿は圧巻で、自分が犯人ならすぐに投降するだろうと、レオンは苦笑した。

犯人たちは、事務所の窓から騎士たちの数に気づくだろうか。そして、こんな無駄なことはやめるべきだと悟ってくれるだろうか。

レオンが大勢の騎士を従えてここに乗り込んだのは、数による勝利を考えたからだ。これほど多くの騎士の姿を見れば、普通なら白旗をあげ、あきらめるはずだと。

しかし、犯人がラスペードの農民たちだと聞いて、その可能性は低いだろうと考えていた。それどころか、彼らは爆薬の扱いにも慣れていない。思いあまってなにをしでかすかわからない。それこそ、爆弾が暴発することだってあるのだ。犯人を刺激せず、効率的に作業員たちを救い出さなければならない。

「さっさと終わらせてサヤの元へ戻りたいんだが」

レオンは王城を出る直前まで抱きしめていたサヤを思い出した。

素晴らしい出来映えのビオラの刺繍を完成させたサヤは、ようやく王家に嫁ぐ自覚と自信を得て輝いていた。

それに、毒を作らなければならないという酷な慣例に涙する顔を思い出せば、自分への愛情がひしひしと伝わってきた。レオンの命を絶つことなど考えられないと訴える姿は美しく、ずっと見ていたいと思うほどで、そんな加虐的な自分の心に自嘲したのも確かだ。

「俺のことで悩むサヤを、まだまだ見ていたいんだよな」

思わず本音を口にし、レオンは苦笑した。

「どうかなさいましたか?」

傍らに控えていた騎士が怪訝《けげん》そうな顔を見せる。

「いや、なんでもない」

レオンは慌てて表情を引き締めた。

そのとき、事務所の中を確認していた騎士から合図が送られてきた。お互いの手の動きで簡単な意思疎通ができるのだが、その動きの意味にレオンの表情が固まる。

「は……？　まさか」

三十メートルほど離れていても、見間違うわけがない。待機しているファウル側の騎士たちもその意味を読み取り、静かなざわめきが広がった。

「事務所のランプが倒れて……カーテンに火がついただと？　まずい。爆弾に火が移れば大変なことになる。それこそ全員死ぬぞ」

「殿下、どういたしましょう。突入いたしますか？　とりあえず中にいる者たちを連れ出して爆弾の処理を……」

「いや、待て。まだなにかあるぞ」

レオンはすぐにでも動こうとする騎士たちを手で制した。

事務所近くの騎士がなにかを伝えようと手を動かし続けているのだ。その動きを注視していたレオンは、ハッと目を見開くと「そうか……」とつぶやいた。

「この間のボヤ騒ぎが功を奏したな」

ニヤリと笑ったレオンに続き、内容を把握した騎士たちも表情を緩めた。

「どういうことですか？　なにがあったのです」

意思疎通を図るための手の動きの意味を知らないフェリックやラスペードの騎士た

ちは、一様に不安の声をあげる。

「心配ない。もうすぐ解決できるから大丈夫だ。作業員たちも犯人たちも全員救出する」

「ですが、カーテンに火がついたとさっき……あ、火が、窓の向こうで火が揺れています。カーテンにかなり燃え移ったようです」

落ち着いているレオンにフェリックは食い下がり、焦った声をあげた。

事務所を見れば、たしかに、窓にかけられているカーテンが燃えている。ゆらゆら揺れる赤い火は、次第に大きくなっていく。

「思ったより火の回りが速いな」

レオンは事務所に向かって両手を上げると、素早い動きで命令を出した。

すると、第二団の騎士たちが事務所の裏側へと素早く動いた。

その様子を、レオンを始め、待機している騎士たちが食い入るように見つめる。

「あ、もう一方の窓にも火が……。爆弾に火がつくのも時間の問題ですのでレオン殿下はこの場を離れてください。この距離ですと、ケガだけでは済みません。一刻も早く離れてくださいませ」

フェリックの上ずった声に、レオンは首を横に振った。

「大丈夫だ、我が国の騎士たちの働きを信用しろ。それに、大将がわれ先にと撤退するわけにはいかないだろう？」

落ち着き払っているレオンに、フェリックは唇をかみしめた。

「我が国のつまらない争いごとに巻き込んでしまい、申し訳ございません」

絞り出すような声で謝罪するフェリックに、レオンは眉を寄せた。

「つまらない争い？　ああ、ミリエッタ家とかいう公爵家のことか？　まあ、そのことについてはおいおい解決するとして。とりあえず、ジュリアが嫁いだら全力で守ってやってくれ。バカな貴族からの嫉妬に苦しまないように。でも、あいつなら反対に相手を存分に苦しめそうだけどな」

レオンは軽くそう言って笑うと、事務所に視線を戻した。

裏手に回っていた何人かの騎士が姿を現し合図を送っている。よく見れば、ひとりの騎士の手には太いロープがあり、残り数名は事務所のドアの前に立ち、今すぐにでも押し破ろうと体を構えている。

レオンは力強くうなずくと、片手を上げ、素早く振り下ろした。

その瞬間、ひとりの騎士は手にしていたロープを力いっぱい引き、ドアの前にいた騎士たちは中に飛び込んだ。

あっという間の動きを、誰もが固唾《かたず》をのんで見守っている。
すると、辺り全体を震わせる大きな爆音が響き渡った。そのあまりにも大きな音は麓まで届き、誰もがレオンたちの安否を気遣った。

サヤとジュリアは、心配で落ち着かない気持ちを紛らわせようとパイを焼き続けていた。けれど、何枚パイを焼いても落ち着くことはなく、レオンや騎士たちの安否が気になって仕方がない。

「……レオン殿下」

軍服のビオラを愛しげに見つめていたレオンは、王城を離れ、国境沿いの採掘現場に行ってしまった。そこで作業員を人質にとった立てこもり事件が起きていると、ジークから聞かされた。

犯人は少数で、ファウル王国とラスペード王国から大勢の騎士が現場に向かったので心配することはないと言われたが、レオンや騎士たちが無事に王城へ戻るまで安心することなどできるわけがない。

王城内には不安があふれ、現場から吉報が届くのを今か今かと待っているが、一向にその気配はない。

解決が遅れているのだろうか。

「だけど、なんの連絡もないってどういうことかしら。麓の温泉でのんびりしていたらむかつくわね」

ジュリアも、詳細な状況が入ってこないことに苛立っていた。

ふたりは長い時間をかけて次々とパイを焼き、気づけばテーブルの上には十枚近くのパイが並んでいて、城にいるものたちにあとで振舞うことにした。

サヤは最後の一枚が焼き上がったのを確認すると、窯から取り出し大皿に置いた。パイ生地の甘い香りと、お酒を少々効かせ甘く煮た洋ナシの微かな酸味。レオンの大好物だというパイを見つめる。

レオンにもしものことがあれば……。二度とレオンに会えなかったら……。

大丈夫だと繰り返す陛下やジークの言葉を信じたいが、どうしても不安ばかりが胸にあふれ、泣きそうになる。

「わあ、これって一番おいしそうに焼けたわよね」

気弱な思いに押しつぶされそうになっていたサヤは、ジュリアの大きな声に我に返った。

サヤは、明るく笑うジュリアに笑顔を向けた。そして、焼きたてのパイを切り分けると、皿にひとつ取った。

「実は、作業部屋で刺繍の途中なんです。そちらでこのパイはいただきますね。あ、陛下と妃殿下もパイを楽しみにしておられましたので、お持ちください」

サヤが立ち上がると、ジュリアはもの言いたげな表情を浮かべた。しかし、サヤの唇が震えているのに気づき、なにも問うことなく気持ちを切り替えた。

「そうね。親子水入らずで過ごすのもあと少しだものね。お茶と一緒にお持ちしようかな」

あと十日でジュリアの結婚式だ。国王夫妻とゆっくりとお茶を楽しむのは、これが最後になるかもしれない。ジュリアは寂しそうに笑った。

「では、私は夕食まで作業部屋にこもっていると思いますが、ジュリア様は陛下たちと楽しい時間をお過ごしください」

サヤは自分の声が上ずっていなかったかと気にしながら、作業部屋へ向かう。その手には、まだ温かい洋ナシのパイが乗った皿があった。

ジュリアから譲られた作業部屋に入ると、サヤは作業台の上にキレイなピンクのドレスを広げ、刺繍を始めた。

これはジュリアの結婚式でサヤが着るドレスだ。

ジュリアの結婚式にはサヤも参列するのだが、実質、その日はサヤをファウル王国の次期王妃だと周囲に知らしめる日でもある。サヤはまだ王族の一員ではないが、当日は国王夫妻やレオンと行動を共にすると聞かされている。

式に出席する近隣諸国の王族や有力貴族たちから注目を浴びることは必至で、サヤの緊張感も日に日に高まっている。

当日着るドレスは既に出来上がっている。光沢のあるピンクの生地に白いレースがふんだんにあしらわれているそれは、サヤの両親から贈られたものだ。

本来なら、娘が嫁ぐ際には実家がウェディングドレスを用意するのだが、王家に嫁ぐサヤにはそれが許されておらず、王家御用達の職人によって仕立てられる。国王夫妻はそのことを気にかけ、ジュリアの結婚式で着るドレスを用意してはどうかとサヤの両親に持ちかけ、両親は大喜びで準備したのだ。

国王夫妻の配慮にサヤも喜び、ジュリアの結婚式を心待ちにしていた。

レオンも、キレイに着飾ったサヤの姿を想像してはうれしそうに笑っていた。

「まだ、このドレスを着た姿をお見せしていないのに……」

サヤはドレスを胸に抱き、こぼれそうになる涙をこらえた。

サヤが刺繍の途中だと言って作業部屋に駆け込んだのは、このドレスに小さな刺繍をほどこしている最中だからだ。

今でも公の場でレオンの婚約者として紹介されることを想像するだけで緊張してしまうのだから、当日の緊張感は相当なものだろう。その緊張を和らげるお守りとして、豊かなギャザーによってふんわりと広がった裾の部分にレオンの名前を刺繍しようと決めたのだ。

誰にも気づかれないよう、ドレスと同じピンクの刺繍糸で一文字一文字丁寧にほどこした刺繍は、それこそあと数針で完成するのだが、レオンを心配するサヤの手は震え、うまく針を刺すことができずにいた。

「レオン殿下……」

サヤはドレスを作業台の上にそっと置くと、握りしめていた刺繍針を針山に戻した。そして立ち上がると、視線を部屋の奥の棚に向ける。しばらくの間そのまま一点を見つめたあと、静かに動きだした。

足を止めたのは、つい最近、毒を入れた小箱をしまった棚の前だ。

色とりどりの刺繍糸や布がしまわれた棚の端にひっそりと置かれている小箱。その中に毒が入っていることは誰にも知らせず、鍵をかけている。

サヤは小箱に手を伸ばすが、こわごわと指先で確認したあと、手に取るかどうかためらった。

サヤが毒をしまったあと、二度と手に取ることも開くこともないよう願ったのはつい最近のことだ。そのとき、こんなに早く毒を意識するときが来るとは思わなかった。

レオンが採掘場に向かったのは昨日だ。まだ戻らなくても当然なのかもしれないが、サヤにはその見当すらつけられない。なにが起こっているのか詳しく知らされてはいないが、万が一のことばかりを考えてしまう。

レオン殿下が自ら命を絶たなければならないときのためにと用意した毒だけど、もしや今がそのときなのだろうか。

サヤは小箱に触れたまま棚に体を預けると、涙をこらえるように唇をかみしめた。

国王として国を率いていくレオンを王妃として支えると決めたはずなのに、自分はこれほど弱かったのかと、情けなくもある。このままではレオンを支えるどころか足手まといになりそうで、ずんと落ち込み、そして毒を飲んで命を絶ったほうがいいのはそんな弱い自分なのではないかと思ってしまう。

「毒……といっても、それぞれに飲んだことがあるし」

計八種類の薬草を規定量混ぜて作っただけのもの。風邪を引いたときには誰もが医師から処方される薬と、優れた鎮痛作用を持つリュンヌ。別々にだが、何度も口にしたことがあり、味の予想は簡単にできる。

「どっちも、苦いのよね」

サヤは口の中に薬草の苦みを感じ、思わず顔をしかめた。

「絶対に、この毒はおいしくないに決まってる」

力強い声でつぶやくと、目の前の小箱から慌てて離れるように後ずさった。そして、決して飲みたくないと、首を横に振る。

「まあ、おいしい毒なんて、毒になりそうにないけど……」

サヤはそう言って、力なく笑った。

「だけど……」

生きて最後に口に入れるものがあの毒だとしたら、この世に未練ばかりが残って死んでも死にきれないかもしれない。どうせなら、おいしいものをたくさん食べてから死にたい。例えば、洋ナシのパイとか……。

サヤは作業台の端に置いた洋ナシのパイに視線を向けた。

「そうよ、あのパイみたいにおいしいものを食べてから死にたい……って、なに考えてるんだろう私」

サヤは、ふとつぶやいた自分の言葉に自分でおかしくなった。

おいしいものを食べすぎて死ぬだなんて、そんなことできるわけがないとわかっていても、自分ならなにを最後に食べたいかなと考え、そして、レオンならなんだろうかと想像した。

好き嫌いがない彼のことだ。悩みに悩んで、最後は『サヤと一緒に死ねるならなんでもいい』と言ってくれないだろうか。

そんな妄想までして、サヤの頬は赤くなる。そして、「一緒に死ねるなら、私もなんでもいい」と口の中でつぶやいた。

「あ……もちろん毒以外だけど。あの苦さは殿下と一緒でも、嫌かも……」

再び口の中に苦みが広がり、サヤはそれを押しやるように頭を横に振った。その反動で体がふらりと揺れ、足元にあった端切れを入れている籠を蹴ってしまう。

籠は勢いよくひっくり返り、その場に端切れが散乱した。

「……なにやってるんだろう、私」

サヤはひざまずいて端切れを籠に戻すが、その中にはサヤがビオラの練習で使ったものもいくつか含まれていた。

「わあ、これ、初めて練習したときの端切れ……」

まるでビオラには見えない、紫の糸の塊のようなもの。

最初はこんなに下手だったんだと驚いた。練習済みの端切れを順に見れば、次第にキレイなビオラへと変化していく。その中には血の痕が残っているものもあり、針で指を何度も突いて痛さに顔をしかめたことを思い出した。

そして、軍服に刺繡をほどこす直前に練習した端切れを見つけた。それは、糸の張りが一定で艶が安定し、グラデーションを作るための色の切り替えも違和感なくできている。なにより、ひと針ひと針に込めた気持ちがビオラとなって咲き誇っている。

それこそ、レオンへの愛情があふれていた。

「殿下……」

サヤはその端切れを胸に抱きしめた。もう、涙や嗚咽《おえつ》をこらえることはできない。

「レオン殿下っ。ご、ごめんなさい」

体を丸め、何度も謝罪の言葉を口にした。笑ったり泣いたり、自分はどうしたんだろうと思いながらも涙が止まらない。

今、サヤの心に湧き上がる感情は、レオンへの申し訳なさだ。

レオン殿下は国を守るために危険な場所に駆けつけ、一刻も早い解決に向けて奮闘しているはず。大勢の騎士を率いる責任はとてつもなく大きく、彼はそのプレッシャーに耐えているに違いない。それなのに、私はいったいなにを考えた？　彼を信じることなく、万が一のことばかりを想像し、ぐずぐず悩み、毒に頼ろうとまで。

「本当に私って……情けない」

王妃になる身だというのに、いい加減、強くなって腹をくくらなければ。

サヤはヒクヒクとしゃくり上げながらも、手の甲で頬の涙をごしごしとぬぐった。

そして、手の中にあるいくつものビオラをしばし見つめた。

「これだけ努力できたんだもの、まだまだ頑張れる」

自分を叱咤するようにそう言って、勢いよく立ち上がった。

作業台に戻ると、大きく広げられていたピンクのドレスを再び手に取る。そして、針山に戻していた針をすっと抜いた。さっきまで震えていたのが嘘のようにしっかりと針を持つ手を見て苦笑する。

「あと少しで完成だわ」

サヤはピンクの刺繍糸を、丁寧にドレスの裾に刺した。

ほんの思いつきで始めた刺繍が、いよいよ出来上がる。刺繍を始めたころとは比べものにならないほどに上達した腕前を、ここできっちり発揮しよう。

そして、サヤは想像する。

自分の名前の刺繍入りのドレスを着た私を見て、レオン殿下はどんな顔をするだろう。照れながら『なにを着ても、俺の妃はかわいいな』とでも言ってほしい。そんな言葉を言われたら、すぐにレオン殿下の胸に飛び込むのに。

「よし、出来上がり」

サヤは完成したばかりのレオンの名前を見つめながら、満足げに息を吐き出した。

ドレスのピンクよりもほんの少し淡いピンクで刺繍されたレオンの名前は立体的で、光に反射するととても美しく見える。あとはレオンに披露するだけだ。

「早く戻ってほしいのに……」

寂しさをこらえ、ぽつりとつぶやいたそのとき。

部屋の外が慌ただしくなり、誰かがバタバタと走ってくる足音が聞こえた。

その瞬間、サヤはレオンによくないことがあったのだろうかと体中が強張り、不安で動けなくなったが、同時に、なにがあっても受け入れなければならないと心に決めた。

ドアをノックする音が聞こえ、視線を向ければ、ジークが立っていた。その表情はいつもどおりの真面目でお堅いイメージそのままで、なにがあったのか想像するのは難しい。

「今、早馬が城に到着いたしまして、陛下がレオン殿下からの伝言を受け取られました。今すぐサヤ様に謁見の間に来てほしいとのことです」

「え、伝言？」

「はい。サヤ様宛の伝言もあるそうです。お急ぎください」

淡々と話すジークの声や表情からはなにも読み取ることはできないが、サヤは慌てて部屋を出た。

レオン殿下になにかあったのだろうか、それとも無事なのだろうか。

気持ちを強く持とうと、何度も涙をこらえる。そして、謁見の間に急いだ。

「レオン、レオン……」

一度もこうして呼び捨てたことがなかったと、なぜかこんなときに思い出しながら、サヤは全力で走った。

第七章
積極的な王妃はお好きですか？

採掘場の近くの村に、立てこもり事件が解決したという連絡が入ったあと、村人たちは、レオンを始め事件の収束にあたった騎士たちが帰還する様子を見ようと、沿道に集まっていた。

その中にはレオンの姿を見るのを楽しみにしている女性も多く、騎士たちがやってくるのを今か今かと待っている。

「レオン殿下は相変わらず騎士服がお似合いで、あのクールな表情で駆け抜けていくのかしら」

人だかりの中、頬を染め、夢見がちにつぶやいた女性の声に反応し、レオンに憧れている女性たちが一斉に「きゃー」と言って飛び上がった。

国内外問わずレオンの人気は以前から高いのだが、現国王の退位とレオン王太子の国王への即位が公に知らされ、合わせてレオンとサヤの婚約が発表されて以降、その人気はますます高まっている。

「新しい王妃様がサヤ様っていうのも、ポイントが高いわよね」

「そうそう。イザベラ様も女性騎士で格好いいけど、あのお優しいサヤ様が王妃殿下になられたら、城下のことにも詳しいし、私たち農民のことも気にかけてくれそうだもの」

「本当にね。でも、この前医院に行ったらサヤ様がいなくて、別の女性が薬をくれたの。なんだか寂しかったわ」

病に苦しむ人のため、薬草の知識を存分に発揮していたサヤは、生来の優しさと温かさで国中の者に慕われている。次期王妃にサヤが選ばれたことに異論を唱えるものが誰ひとりいないどころか、そのことがレオンへの期待値の高さにもつながっているのだ。

「王家の森を愛していらっしゃるのに、王妃殿下になられたら自由に行くことはできなくなるわよね。サヤ様にはつらいことよね」

レオンへの恋心を語り合っていた女性たちは、いつの間にかサヤの話に夢中になっている。

「薬草のことは誰よりもお詳しいからお医者様も頼りにしているものね。できれば今までどおり薬師のお仕事も続けていただきたいけど」

「まあ、無理よね」

その場にいた十人ほどの女性たちは皆、大きくうなずいた。

「仕方がないわよ。とにかくサヤ様がお幸せになるよう、祈りましょう」

話の中心にいる女性が、しんみりとした空気を振り払うように大きな声でそう言ったとき。

「あら？　馬たちが採掘場とは反対側から走ってきたわよ？」

「まあ、本当ね。えっと、十頭くらいかしら」

女性たちだけでなく、大勢の村人がそれに気づき、目を凝らした。

採掘場とは逆の方向から、十頭程度の馬が一団となってやってくる。

遠くから見ても砂埃りが激しく舞っているのがわかり、かなりのスピードでこちらに向かっているようだ。

「おい、かなり速いぞ。子どもたちは大人と手をつないでろよ」

大人たちが近くの子どもたちの手を取ったり抱き上げたりしている間にもどんどんその姿は大きくなり、いよいよ騎乗している者の顔が見えるようになった。

「え？　あの騎士服はファウル王国のものだけど……もしかしたら、採掘場に向かってるのかしら。え？　まだ解決していないの？」

「あんなに飛ばすなんて、なにか面倒なことでもあったの……あら？　真ん中のグレーの馬に乗ってるのってイザベラ様よ」

　ひとりの女性の大きな声が響き、その場にいた皆が、そちらに目を向けた。

「まあ、本当、イザベラ様が乗ってらっしゃるわ。相変わらず美しいわね」

「そうね。あれだけ美しくて強いなんて、素敵だわあ。あ、来たわよ」

　村人たちが並ぶ街道を、馬に乗った一団がかなりのスピードで通り過ぎていく。

　イザベラが乗っている馬を守るように、前後左右に男性騎士たちが並び、馬を走らせている。

　村人たちはその様子を見守りながら、首をかしげた。

「この道を走っているということは、騒ぎがあった採掘場に向かっているんだろうけど、五百人の騎士が駆けつけているらしいのに、追加召集されたのか？」

　砂埃りを残して走り去る一団の後ろ姿を見ながら、村人たちは顔を見合わせた。

「ねえ、イザベラ様の背中にしがみついていたのって、もしかしたら……」

「そうよね、私も気がついたわ」

「顔はよく見えなかったけど、あれは絶対にサヤ様だったわよね」

　その場にいた皆が大きくうなずいた。

「ピンクブロンドのキレイな髪はサヤ様だよな。それにイザベラ様の馬を騎士たちが取り囲んでいたのはきっと、次期王妃であるサヤ様の警護のためだ」

「それにしても、どうして？」

立てこもり事件は既に解決したと伝えられているのだ、村人たちが疑問に思うのも当然だ。

「採掘場での作業は明日から再開だって聞いたけど、いったいどうなってるんだろうね」

イザベラやサヤたちが通り過ぎたあとも、村人たちはああでもないこうでもないと、話し続けていた。


「サヤ、着いたわよ。よく頑張ったわね」

イザベラは手綱を引いて馬を止めると、背中に張りついているサヤを振り返った。

滅多に馬に乗ることのないサヤは、その速さと振動に恐怖を感じながらひたすらイザベラにしがみついていた。そのせいで腕は震え、ようやくの思いで体を起こす。

「まだ走ってるみたい……体が揺れてる」

サヤは目の前のイザベラに、力なく笑った。

「そうね。それにけっこう長い距離を走ったから、明日には体中が痛むはずよ」

イザベラは笑いながら、慣れた動きで馬から降りた。

すると、共にここまで走ってきた男性騎士が、サヤに両手を差しのべた。

「ご自分で降りられないでしょう。どうぞ」

サヤは目の前に広げられた騎士の腕を戸惑いながら見つめた。

確かに馬に乗ることも降りることもひとりではできないが、初めて会った男性に身を預けていいのだろうかと躊躇する。

その様子に気づいたイザベラが慌ててその騎士を押しやった。

「あー、ダメダメ。そんなことしてレオン殿下にバレたらどうなることか」

イザベラはさっさとサヤを馬から下ろす。

サヤは長い時間馬に乗っていたせいで足に力が入らず、イザベラの腕に再びしがみついた。

「あーあ。生まれたてのバンビの足みたいよ」

イザベラはサヤを受け止め、彼女のふらつく足元に苦笑した。そして、騎士たちに視線を向けた。

「レオン殿下の怒りを買いたくなかったら、必要以上にサヤに近づいたり迂闊《うかつ》なことはしちゃダメよ」

まわりにいる十名ほどの男性騎士たちに、イザベラは面倒くさそうに言い聞かせる。

「あ、別に大丈夫ですよ。レオン殿下はなにも気にしないと……」

「サヤは甘い。どうして私がこんなところにまでサヤを馬に乗せてきたと思ってるの？」

イザベラの鋭い声にサヤは口を閉じた。

「レオン殿下がサヤを温泉に連れてこいっていうのは、まあいいのよ。立てこもり事件も無事に解決したから、せめて足湯だけでも一緒になんて、かわいいじゃない」

「う、うん……」

サヤは事件が無事に解決したことに改めてホッとした。

事件の概要は、レオンからの手紙によって国王陛下に知らされた。

立てこもり事件の現場となった事務所では以前放火があり、それ以後防火体制が強化されていた。

放火の犯人は再びなにかしでかすだろうと判断したレオンの指示により、事務所の裏手の山に、貯水槽をいくつか用意したのだ。

万が一の時には、貯水槽を固定しているロープを解く。そうすると、貯水槽が反転し、中に貯めおいた大量の水が一気に事務所に流れ込む仕組みになっている。

事務所の壁面も改装し、貯水槽のロープを引いたと同時に壁の一部が開き、水が事務所の中にスムーズに流れ込むように工夫した。

ただ、今回初めて貯水槽を反転させたということで、予想以上に水が流れ込み、その爆音は麓にまで聞こえたほどだった。

水を流すと同時に騎士たちが事務所に飛び込み、人質となっていた作業員や犯人たちを無事に確保。犯人たちが持ち込んだ爆弾は、事務所に流れ込んだ水に沈んで使い物にならなくなった。

幸いにも誰ひとりとして命を落とすことなく解決し、ファウル王国とラスペード王国の関係はさらに強化された。

それだけでなく、両国から派遣された騎士は千名だ。採掘場に侵入したり、現場を荒そうとすれば、これだけ大勢の騎士が解決にあたるのだと周囲に知らしめ、いい牽《けん》制《せい》にもなった。もちろん、レオンはこのことも含め、これだけの人数の騎士を現場に送り込んだのだ。

サヤがこの温泉に連れてこられたのは、採掘場での立てこもり事件が解決したという報告の手紙の末尾に、【大至急、サヤをミレンカ村の温泉に寄越せ】と書かれていたからだ。

おまけに、その手紙には【イザベラがサヤを馬に乗せて連れてこい。男性騎士の馬になど絶対に乗せるな】と追記されていた。そして、面倒くさがるイザベラを国王が説得し、サヤを温泉へと送ったのだ。

「だけど、サヤを男性騎士の馬に乗せることは許さないって、ほんと心が狭いわね。わざわざ私を指名して連れてこさせるなんて、その嫉妬深さに呆れちゃうわよ」

「あ……ごめんなさい」

思わず頭を下げたサヤに、イザベラは眉を寄せた。

「サヤは悪くない。すべてはあの懐の狭いレオン殿下のせいなんだから。だけど、せっかくだから、私も足湯を楽しんで帰ろうっと。みんなもそうすれば？」

イザベラは気持ちを切り替えるようにそう言って、騎士たちに声をかけた。

ここは、採掘場がある山の麓で、良質な温泉で有名なミレンカ村だ。栄養分を多く含んだ土地と、山からの水によって農業が発展し、多くの農民たちが米や野菜を作っている。その収穫高はかなりのもので、ファウル王国の食糧庫とも言われている。

「温泉はあの赤い屋根の建物の向こう側にあるのよ」

イザベラはふらつくサヤを支えながら歩きだす。

村の外れにある温泉はとても広く、村人たちの憩いの場となっているが、大きさの割には水深が浅く、足湯を楽しむ者がほとんどだ。

「ここよ、ここ。足湯だけでも十分気持ちがいいから、しばらく体を休めましょう。レオン殿下はまだしばらくかかりそうだし」

「そ、そうね」

レオンは村のあちこちを回り、不安を与えてしまったことを謝罪しているそうで、まだ会えていない。駆けつけた五百人の騎士たちは、レオンの警護に三十人ほどが残り、サヤたちと入れ違いに帰還したそうだ。

「うーん、やっぱり気持ちいい」

弾んだ声をあげるイザベラに続いて、サヤはゴツゴツとした岩場に座った。そして乗馬服のズボンの裾を折り返し、温泉に足を下ろした。

「ちょっと熱いかも……」

恐る恐るゆっくりと湯の中に足を沈めていく。くるぶしよりも少し上までしか湯に浸かっていないが、長い時間馬に乗っていて強張った筋肉がほぐれていくようだ。

「少しは落ち着いた？」

サヤの隣に腰かけたイザベラが、手で足にお湯をかけながら声をかけた。ここに来るまで見せていた強い口調とは違う、穏やかな声だ。

「今、村の人に聞いて確認したけど、レオン殿下はケガもなく無事だそうよ。村の医師が、嫌がるレオン殿下を無理やり診察したそうだし、心配いらないわ。駆けつけた騎士たちも、多少のかすり傷や打ち身はあれど、まったく問題はないって。よかったわね」

「はい。よかった……」

サヤは思っていた以上にホッとし、息を吐き出した。

「サヤも慣れない馬に乗って、疲れたでしょう？　レオン殿下のわがままに付き合って、わざわざ来なくてもよかったのに」

「でも……心配だったから」

サヤは照れながらも首を横に振り、小さな声でつぶやいた。

温泉への呼び出しには驚いたが、すぐにでもレオンの顔が見たかったサヤは、イザベラに馬に乗せてもらい、ここまで来たのだ。

「そんなにレオン殿下に会いたい？」

サヤはレオンに早く会いたくてそわそわしながら足湯を楽しんでいたが、イザベラにはすべて見抜かれていたようだ。

「レオン殿下って、子どものころからなにも欲しがらないし、望まない子だったの。

いずれ王位に就く身だから、自分の感情はいつもフラットにして冷静でいなければならないって思ってたみたい。それはもう、かわいくない子どもだったのよね」

イザベラの言葉を聞いて、サヤは子どものころのレオンにも会ってみたかったなと笑った。

きっと、次期国王としての責任を背負い、無理に大人びた子どもを装っていたはずだ。

「それは大人になっても変わらなかったけど、サヤを好きになって、手に入れようと動きだしてからは目の色も変わったし、熱い男に大変身」

「大変身……？」

私といるときのレオンはいつも甘くて熱いのに、他の人の印象は違うのだろうか。

「そうなの、大変身。そうでもしなきゃ、サヤと結婚できないって覚悟を決めたと思うわ」

「覚悟……」

「だからね、それはもうレオンは必死で策を練って、陛下に直談判……あ、これは私が言うことじゃないか。とりあえず、レオンはサヤを愛してるし、サヤ以外はなにもいらないのよ」

熱心に話すイザベラに、サヤはどう答えればいいかわからない。

イザベラはレオンがサヤを愛しているとはっきりと口にしたが、サヤ自身にはまだそこまでの自信はないのだ。

ただひとつ言えるのは、サヤもレオンを愛しているということ。今回の事件によって、レオンに万が一のことがあればと悩み、自分も毒を口にしようかとまで考えた。

結局は、毒の苦さを想像し飲みたくないと思ったことで目が覚めたのだが。

そのことは、レオンさえそばにいれば大抵のことは乗り越えられると、サヤが気づくきっかけになった。どれほどつらいことがあっても、レオンがいなくなる苦しみに比べれば大したことではないのだ。レオンを精一杯支え、王妃の務めも立派に果たしてみせると覚悟が決まった。

「それにしても、いいお湯ね」

イザベラは足をバタバタさせながら、大きく体を伸ばした。

「馬に乗るのは好きだけど、やっぱり疲れるわ」

「あ、今日は私がしがみついてたから、余計に疲れたのね。ごめんなさい」

頭を下げるサヤに、イザベラは手を横に振り「いいのいいの」と答える。

「でもね、私はジュリア王女とラスペードに行くから、これからは乗せてあげられないわよ」

「あ、そうか……」

すっかり忘れていたが、ジュリアの結婚式まであと一週間もない。ジュリアだけでなくイザベラも王城からいなくなる。

「寂しい……」

ジュリアとは、お互いに苦手なものを教え合いながら楽しい時間を過ごしてきた。そしてイザベラとは、サヤが王城に居を移してから親しく言葉を交わすようになった。せっかく仲よくなれたというのに、三人にはこれまでとは違う生活が待っている。

サヤはしんみりとうつむいた。

すると、そんなサヤを叱り飛ばすように、イザベラがサヤの背中をポンと叩いた。

「なに落ち込んでるの。あのね、王妃となったら誰に頼ることなく自分の力でレオン殿下を支えなきゃいけないのよ。レオン殿下に困ったことがあればサヤが支えなきゃならないけど、サヤが困っていてもレオン殿下に助けを求めちゃダメ。だって、彼は国王になるのよ。国民みんなのものだから、サヤが心配をかけたり足を引っ張ったらダメなの」

「う、うん。わかってる」

こくりとうなずくサヤに、イザベラは懐疑的な目を向けた。

「だったらとりあえず、馬を乗りこなせるようになりなさい」

「え、馬?」

まさかここで馬が出てくるとは思わなかった。それに乗馬は、子どものころに何度か練習する機会はあったが、自分の才能のなさに落ち込むばかりであっさりとやめてしまった。

しかしイザベラは、サヤの戸惑いに構うことなく言葉を続ける。

「馬だけじゃないわ。自分の身は自分で守れるように剣の練習もしなさい。そして、とにかく体力をつけなさい。いつなにが起きようが、体力さえあれば乗り越えられるから」

イザベラは、次々と無理難題を口にする。

今のサヤは馬には乗れないし、剣なんてまともに持ったこともない。自分の身を守れるほどの力をつけるにはどれほど練習しなければならないんだろうと、気が遠くなった。

けれど一方で、それがレオンの役に立つのであれば、なにがなんでも身につけたいとも思う。ここ数日、レオンがいなくなるかもしれないと悩み苦しんだ時間を考えれば、馬も剣も簡単に身につけることができるような気がする。

「私、思うがままに馬を乗りこなせて、剣さばきも抜群の王妃を目指そうかな」

ふと思いついたことを口にすれば、イザベラは大きく笑い、「いいね、それ」と同意した。

「じゃあ、まずは馬にまたがったときに踏ん張る太ももの筋肉と、どれほど重い剣でもへこたれない腕力を鍛えなきゃね」

ふたりは冗談交じりに話しているが、サヤは本気で頑張ろうと考えている。

王妃である以上、レオンだけでなく自分にも国を守る責任がある。そのためにできることはなんでもしようと決めた。

そのとき、ふたりの背後から石が転がる音が聞こえ、イザベラは素早くサヤを自分の体の後ろに押しやった。騎士たちが周囲に立ち警戒しているが、くせ者が侵入したのかと、注意深く辺りを見回す。

すると、レオンがふたりの元に向かって歩いていた。騎士服を身にまとい足早に近づいてくるレオンの視線は、ひたすらサヤに向けられている。

「なんだ、レオン殿下か。あーあ。私のことなんて目に入ってないみたいね」

イザベラは脱力しながらつぶやいた。

「え、レオン殿下？」

サヤはイザベラの背後から顔をのぞかせた。

「殿下……」

サヤは温泉から慌てて出ると、レオンの元に駆け寄った。

にっこりと笑い両腕を広げるレオンの姿を目の前にすれば、レオンの身を案じながら過ごした苦しい時間は一気に吹き飛ぶ。

そして、ゴツゴツとした石の上をおぼつかない足取りで走ってくるサヤを、レオンは力強く受け止めた。


「おケガはないのですか？」

サヤはレオンと並んで、足湯を楽しみながら、心配げに声をかけた。

見上げれば、レオンの顎にはかすり傷があり赤くなっている。痛くないのだろうかと手を添えれば、レオンがくすぐったそうに笑い声をあげた。

「これぐらい大丈夫だ。ケガには入らない」

レオンは軽くそう言うと、サヤの体を抱き寄せた。そして、サヤの首筋に顔を埋めると、ホッとしたように息を吐き出した。

「会いたかった……」

レオンの口からこぼれた言葉にサヤも大きくうなずくと、レオンの背中に腕を回し抱きついた。

「私も、会いたかったです。ずっとずっと、心配で……」

レオンから二度と離れまいとするように、サヤはしがみつく。

「ご無事だと知らされても、この目で確認するまでは不安でたまりませんでした」

レオンの顔を見るまで気を張っていたのだろう。ふたりきりになった途端、必死で隠していた不安が顔をのぞかせ、一気にあふれだした。

疲れているに違いないレオンを困らせたくはないが、次々と言葉が口を衝いて出てくる。

「レオン殿下がいなくなったらと考えて、私は……」

サヤの涙声が直接胸に響き、レオンは思わず手で自分の顔を隠した。

人払いをしているとはいえ、辺りには警護の騎士たちがいて、ふたりの様子を気にかけているはずだ。その中にはイザベラもいる。

レオンはきょろきょろと周囲を見回した。サヤが泣きながら口にした自分への思いがうれしくて、にやけてしまう顔を見られたくないのだ。

レオンは顔を手で隠したまま一度深呼吸をし、気持ちを落ち着けようとしたが。

「レオン……と、そう呼んでみたかったと、後悔しました」

おずおずと顔を上げ恥ずかしそうにつぶやくサヤの顔を見れば、ますます表情は緩み、体は熱を帯びた。それは決して足湯のせいではなく、サヤがあまりにもかわいすぎるからだ。

「俺はどうしてここにサヤを呼び寄せたんだ……」

サヤの体をひしと抱きしめ、レオンは苦しげにうなった。

事件は解決したとはいえ、不安を与えた麓の村を始め、迷惑をかけた各所を回って経過を説明しなければならなかった。それでも、一刻も早くサヤに会いたくて呼び寄せたのだが、今はそれを心から後悔している。

村への説明を終えたあと、急いで王城に戻ればよかった……。そうすれば、ふたりきりの部屋で思う存分サヤを抱くことができたというのに。

レオンは自分の安易な思いつきを後悔した。

「サヤ……」

今すぐここを発《た》てば、まだ明るいうちに王城に戻ることができる。

レオンはサヤの体を離そうとそっと力を入れるが、サヤはイヤイヤをするように首を横に振り、離れようとしない。

「もう少しこのまま……」

「……っ」

ヒクヒクと泣いているサヤを無理やり引き離すこともできず、レオンは空を見上げた。そして、一面に広がる青い空を見ながら、浅い呼吸を繰り返す。

誰に見られようが構わない。今すぐサヤを押し倒して思う存分愛し合いたいと暴れる気持ちを必死で落ち着かせる。

サヤとの初めてを、こんなところで迎えたくはない。サヤだってそれを望んでいるわけがないのだ。

レオンはサヤを抱きしめたまま、気持ちを鎮めようと体を揺らした。左右にゆっくりと、まるでサヤをあやすように、何度も。

次第にレオンは平常心を取り戻し、サヤの体温を優しい気持ちで感じられるようになった。

しばらく体を震わせ泣いていたサヤの涙も止まったようだ。

「大丈夫か？」

レオンの声に、サヤの体がぴくりと反応した。そして、もぞもぞと体を動かし、レオンと視線を合わせる。

「レ……レオン？　あ、あの」

レオンと呼び捨てにするのが恥ずかしいのか、その顔は真っ赤だ。

「私、レオンがいなくなってしまう苦しみを考えれば、なんでもできる気がするのです」

「あ、ああ……」

レオンの顔をまっすぐ見ながら力強く話すサヤに、レオンはたじろいだ。ここまではっきりと自分の思いを口にするサヤを見るのは初めてで、そのきりりとした姿に目を奪われる。

「だから、あの、レオンがそばにいてくれればそれだけで無敵な自分になれるというか……」

レオンは必死で話し続けるサヤの言葉に耳を傾けるが、なにを言おうとしているのか、わからない。

「サヤ？　どうしたんだ？」

レオンはサヤの頬に手のひらを当てると、愛情を注ぐように撫でながらその先の言葉を促した。

すると、サヤはなにかを決心したかのように、ひしと表情を引き締めた。

「私、レオンが帰ってきたら、まずこうしたかったのです」

小さいながらも鮮明な声でつぶやくと、サヤはレオンの肩に手を置き、すっと顔を寄せた。そして、赤くかわいらしい唇でレオンの唇をふさいだ。

まさかサヤが自分からキスをするとは思ってもいなかったレオンは、呆然としたまま身動きひとつとることもできずにいた。けれど、ぎこちないながらも一生懸命に唇を合わせるサヤが愛しくてたまらず、舌でサヤの唇の端を刺激すれば、条件反射のように口が開いた。すかさず舌を差し入れた途端、サヤはうれしそうにくぐもった声をあげた。

明らかにレオンを求めているサヤの声に、レオンの熱情は一気に高まった。

ふたりは強く抱き合い、お互いの無事を確認するように、何度も唇を重ねる。

レオンは角度を変えながら、サヤの唇を覆うようにキスを続けるが、その強引さの中に優しさと気遣い、そして経験を感じ、サヤは嫉妬した。そして、レオンを他の誰にも渡さないとばかりに強く抱きつくと、自ら彼の舌を探し、激しく絡ませた。

レオンはその動きに驚きながらも、喜んで応えた。

俺がいない間に、サヤになにがあったのだろう。

ここまで積極的に自分を求めるようになったサヤに、男としての欲も高まっていく。

「サヤ……」

思わずサヤを岩場に押し倒そうとしたそのとき。

「そろそろいいですかあ？」

間延びした声が響いた。

「いい加減、私も帰りたいんですけど。騎士たちもみな待ちくたびれてるんで、続きは戻ってからにしてください」

レオンとサヤはその声にハッと我に返り、辺りを見回した。

すると、少し離れた木の陰からイザベラがニヤニヤと笑いながらふたりを見ていた。

「次期国王夫妻の仲がいいのは国民のひとりとしてうれしいんですけどね。夕食までには帰らないと、ジークにも嫌味を言われますよ」

「な、なにを……」

レオンはイザベラになにか言い返そうとするが、言葉が見つからず口ごもった。イザベラにからかわれることには慣れているが、今回ばかりはどうしようもない。

サヤも自分がしたことに気づき、恥ずかしさのあまり両手で顔を隠した。

「じゃ、馬を用意して待ってますので、いろいろと落ち着かせて、なるべく早めに来てくださいね。あ、サヤ、帰りはもちろんレオン殿下の馬に乗せてもらってね」

レオンとサヤの慌てふためく姿に肩を揺らし、イザベラはその場を去った。

「イザベラったら……」

レオンとサヤは照れながら顔を見合わせた。ふたりの顔は赤く、目は潤んでいる。おまけに微かに腫れ上がった唇を見れば、今までなにをしていたのかひと目でわかる。

イザベラにからかわれても仕方がないかとレオンは笑った。

「悪かった。俺が落ち着いていればよかったんだが、サヤがあまりにもかわいくて抑えが効かなかったな」

レオンはゆっくりサヤを抱き上げると、そのまま足湯から出て歩きだした。

サヤは慌ててレオンの首にしがみつき、焦った声をあげる。

「違います。私がレオン殿下にキスをしちゃったので。抑えが効かなかったのは私のほうで……」

照れくさそうにうつむいたサヤに、レオンは再び口づけた。

「レオンと呼びたかったんじゃなかったのか？」

「え、はい……そうですけど」

感情に任せ、キスだけでなく、レオンと呼び捨てにしていたことを思い出し、サヤの顔はいっそう赤くなる。

「呼びたければ、そう呼べばいい。俺のことを呼び捨てることができるのはサヤだけだ。あ、陛下夫妻もいたな」

まるでそれを望むように言って、レオンは笑顔を浮かべた。

「それに、サヤが俺とキスをしたければ、いつでも俺は大歓迎だ。我慢しなくてもいいぞ」

さっきふたりをからかったイザベラにも負けないほどニヤニヤして、レオンはサヤにささやいた。

サヤはその言葉を聞いて、気を失ってしまいたいほど恥ずかしくなった。どうして自分からキスなんてしたんだろうと心の中で何度も繰り返すが、何度考えても出てくる答えはただひとつだ。

レオンを愛しているから。その思いに尽きる。

サヤは、楽しげに笑うレオンの横顔を見つめた。

今回の立てこもり事件でできたらしい顎の傷は小さいが、まだまだ生々しい。どういう状況でこの傷ができたのかを想像すれば、胸が痛む。

無事に帰ってきてくれて、本当によかった。

サヤは心の底からそう思い、安堵の息を吐いた。

「あ、あそこでイザベラや騎士たちが待ちくたびれているな」

レオンの言葉に視線を向ければ、出立の準備を整えたイザベラや騎士の姿があった。水を与えられたのか、馬も元気に動き回っている。

レオンとサヤの姿に気づいた面々は、イザベラから状況を聞いているのだろう、意味ありげに笑顔を浮かべている。

「イザベラのやつ、余計なことをペラペラ話したな」

レオンは悔しげな声をあげた。

すると、レオンの腕に抱かれているサヤが、ゆっくりと体を起こした。

「余計なことではありません。とても大切なことです」

にっこりと笑い、そして……。

「大歓迎だと言われたので、早速」

なんてことのない口調でつぶやいたかと思うと、レオンが考える間もなく唇を重ねた。レオンの頬を両手で挟んで固定し、強く唇を押しつける。

両手がふさがっているレオンにはどうすることもできず、その場に立ち止まった。

サヤが何度か角度を変え、時折音を立てながらキスを続けるうちに、我慢できなくなったレオンがキスに応え始めると……。
その瞬間、サヤは体を起こしてキスをやめた。
「サ、サヤ……?」
突然唇から熱が消え、レオンは物足りなさそうな表情を浮かべ、サヤを見つめた。
すると、そんなレオンに満足したようにサヤは笑った。
いつもレオンの思うがまま抱きしめられたりキスをされたりしているが、たまには
こうして自分もレオンを振り回してみたかったのだ。
「続きはお城で。さ、早く帰りましょう」
サヤは澄ました声で言うと、ふたりの様子を呆然と見ていたイザベラや騎士たちに
手を振った。
「お待たせしましたー」
何事もなかったかのように手を振るサヤに、レオンはしばらくの間言葉を失ってい
たが、気を取り直して再び歩きだす。その足取りは軽やかで、彼の心を表すように弾
んでいる。
苦笑しながらも幸せそうなレオンの表情にホッとしたサヤの笑顔は、これまでにな
く輝いていた。

決して恥ずかしくないわけではないが、自分の思いに素直になるのはとても心地いい。例え今イザベラたちに盛大にからかわれ恥ずかしい思いをしたとしても、平気だ。愛する人と寄り添い、共に生きていける。それだけで、すべて乗り越えられるのだ。

特別書き下ろし番外編

極甘国王と愛され王妃の誕生

暑さがようやく和らぎ始め、ファウル王国は収穫の秋を迎えた。

豊穣《ほうじょう》を祝う祭りで人々は美酒に酔い、一年の働きを互いにねぎらう。農民たちはもちろん、漁師や商人、そして製糸業を軸にして国の発展を支える職人たち。すべての者が日々の慌ただしさから離れ、平穏なる毎日に感謝する。

冬を前に国の各地で行われる祭りは、今年はことのほか盛り上がりを見せている。

それは、いよいよ今日、新国王レオンと新王妃サヤの結婚式が行われるからだ。

婚約が発表されてから九カ月、国民たちはこの日を待ちわびていた。

ふたりの幸せを願う祝砲が、日の出と共に鳴り響いた。


「サヤ王妃殿下、急いでください。ジークさんがあの無表情の中に怒りを隠して待ち構えていらっしゃいます」

「ごめんなさい。久しぶりに森に行ったら時間を忘れちゃって」

サヤと侍女のクララは、王城に向かって王家の森を走っている。ふたりとも苦しげな呼吸を繰り返しているが、結婚式が始まるまであと少ししかなく、その足を休めるわけにはいかない。

「サヤ王妃殿下、お城に戻られましたらすぐに湯浴みです。そして急いで支度をしなければ」

全力で走るサヤを、クララは必死で追いかけている。

サヤ担当の侍女として王城で働くクララは、大きな目とほんのり赤い頬が印象的な十五歳の女の子だ。無造作にひとつに束ねた栗色の髪を揺らしている。

今朝、王城のどこにもサヤの姿が見当たらず、大騒ぎになった。レオンが森に探しに行こうとしたのだが、結婚式の招待客の多くは既に到着していて挨拶に行かなければならなかった。

そこで、ルブラン家出身で足が速いクララが呼ばれ、森にサヤを探しに行くことになったのだ。

レオンの想像どおり、動きやすい服とフラットな靴を身に着けたサヤは森の中を生き生きとした表情で動き回っていた。

「ところで、手に持たれているのはリュンヌでしょうか？」

クララが荒い呼吸の合間にサヤに問いかけた。

「そうよ。このリュンヌを採りに森に来たの。あと……王妃、殿下っていうのはやめてほしいっていうか、まだ王妃じゃないし」

サヤはチラリと背後を振り返り、照れた表情を浮かべた。

「確かにレオンは国王に即位したけど、私は今日の結婚式が終わるまではまだ違うから……」

サヤの走るスピードが一瞬落ちる。王妃殿下と呼ばれ、恥ずかしくて仕方がないのだ。

昨日、新国王であるレオンの即位式が無事に終わった。サヤが刺繍をほどこした青い軍服はレオンによく似合い、既に国王としての仕事を進めている自信も加わった姿はとても格好よかった。婚約者として傍らに立つサヤは、男らしい彼の姿に何度もときめいた。

そして今日、ふたりの結婚式が行われるのだが、朝早くに目が覚めたサヤは、落ち着かない気持ちを鎮めようと、ひとりで王宮の庭を散歩していた。

そこでイザベラと会った。ジュリアと共にラスペード王国に行ったきりだった彼女と久しぶりに会い、サヤは思わず駆け寄ったのだが、よく見ればイザベラは額に傷を負っていた。

『昨日、ラスペードの騎士と剣の手合わせをしているときにちょっとかすっただけ』

あっけらかんとそう言ったイザベラだが、サヤは傷痕が残るとまずいと思い、イザベラと別れたあとリュンヌを採りに王家の森に向かったのだ。

「レオン陛下はサヤ王妃殿下が見当たらなくてかなり心配されています。お急ぎください」

クララの言葉に、サヤは「どうしよう」と顔をゆがめ、走るスピードを上げた。


「サヤ様、やっぱり森に行かれていたのですか？」

王城の玄関ホールに飛び込んだ途端、ジークが駆け寄ってきた。

「ごめんなさい。イザベラがケガをしていたから……。あの、イザベラは？」

サヤがホールを見回すと、二階に続く螺旋《らせん》階段からイザベラが慌てて降りてきた。既に華やかなドレスに着替えている。

「わー、イザベラって背が高いからなにを着ても似合うわね。紅色のドレスなんてなかなか——」

「なにをのんきに言ってるの。サヤの姿が見当たらないって、レオン陛下が大騒ぎして大変だったんだから」

　イザベラは大きな声をあげた。

「まあ、王妃殿下になっても森が大好きで走り回ってるサヤは魅力的だけど。とにかく、今日の主役はサヤなんだから。早く準備しなきゃ」

　安心したように息を吐き出したイザベラは、背後を振り返ると、待ち構えていた侍女たちを手招いた。

「サヤの準備をお願い」

　イザベラはサヤの背中を押して彼女を女官のメリーに託した。

「あ、ちょっと待って。これを」

　サヤは持っていたリュンヌを手でくしゃくしゃと柔らかくすると、イザベラの額の傷にそっと当てた。

「顔に傷が残ったら大変。しばらくこうしてリュンヌで傷口を押さえてね」

「は？　もしかして、この傷のためにリュンヌを採りに森に行っていたの？」

「うん。城の温室のリュンヌよりも元気だから」

　にっこり笑ったサヤに、イザベラは言葉を失い天井を見上げた。

「まったく……私の傷なんてどうでもいいのに。これがサヤのいいところだけど、うん、今はそんなことを言ってる場合じゃないわね。メリー、よろしくね」

「わかりました。サヤ様、土で汚れた顔も磨き上げますよ。モニカ様のときといい、どうして結婚式の朝はバタバタするんでしょうね」

ぶつぶつ言いながらも優しくサヤを見つめるメリーの言葉に、サヤはふと思い出した。

そういえば、前王妃のモニカ様も結婚式の日は寝坊してしまい、優秀な侍女たちのおかげで事なきを得たと話していた。

「ごめんなさい……」

侍女たちと階段を駆け上がりながら、サヤは頭を下げた。


その後湯浴みを終えたサヤが、侍女たちからバラの香りのオイルを肌にすり込まれていると、バタバタとレオンが部屋に入ってきた。

即位式とは違う白い軍服に身を包んだレオンは、慌てて来たようで息を切らせ、多少髪は乱れているが、それでもいつも以上に華やかな雰囲気を漂わせている。

「イザベラに聞いたが、リュンヌを採りに森に行っていたのか？」

レオンはつかつかとサヤの前に来ると、厳しい顔を向けた。

「レオン陛下、サヤ様はまだ準備の最中でございます」

キャミソール姿のサヤを隠すように侍女たちが彼女の前に立つが、レオンは構うことなく侍女たちを押しのけ、サヤを抱き寄せた。

「で、殿下……じゃない、陛下、まだ準備が……」

「わかってるが……心配したんだ。朝、サヤが城のどこにもいないとジークに叩き起こされて、どれほど慌てたか」

レオンはサヤを抱きしめながら、ホッと息をついた。

「すみません……こんなに大騒ぎになるとは思わなくて」

サヤはしゅんと落ち込んだ。

結婚式の朝なのだ、準備のためにおとなしくしているべきだった。

まだまだ王妃になるという自覚が足りないと反省する。

「頼むから、これ以上心配をかけないでくれよ」

レオンは顔をしかめながらも面白がるような声でそう言って、サヤの額に自分の額を重ねた。

「ごめんなさい。こんなに大事《おおごと》になるとは思わなくて。でも、あの、だけど」

サヤは今ウェディングドレスに着替えている途中で、下着姿なのだ。恥ずかしくてたまらない。様子を見守る侍女たちに助けを求めるように視線を向けても、ニヤニヤとしながら顔を背けられた。

「あの、殿……いえ陛下、早く着替えなければ式に間に合わないと思うのですが」

サヤは焦る気持ちを隠すことなくレオンにそう訴えてみるが、かわいらしく上目遣いで見つめられたレオンが素直に彼女を解放するわけがない。

「人払いだ。ほんの五分、ふたりきりにしてくれ」

サヤを見つめたまま、声だけは威厳を保つように低くして侍女たちに命じた。

「え、そんな、無理です。私のせいですけど時間がありません」

慌てるサヤに、レオンは「主役の俺たちがいない限り式は始まらないから大丈夫だ」としれっと言い放つ。

「な、なんて強気な」

日ごろ真面目に公務に励むレオンの口から出た言葉だとは思えず、サヤは呆然とする。

確かに私たちの結婚式だけど……。

すると、レオンの様子にため息をついたメリーが、あきらめたように口を開いた。

「五分ではなく、三分ですよ。その二分でサヤ様がいっそう美しくなると思えば我慢できますよね。では、きっちり三分後に戻ってきますので、くれぐれも見える場所に赤い花なんていうのを散らさないようにお願いしますよ」

メリーは周囲の侍女たちに目で合図し、さっさと部屋を出ていった。

「では、すぐに戻ってきますから、いろいろ自制くださいませね、レオン陛下」

くくっと笑い、肩を揺らしながら侍女たちも部屋を出ていった。

「な、な、もう、花なんて散らしませんから」

ふたりきりになった部屋で、サヤは侍女たちの言葉の意味を理解し、真っ赤な顔で叫んだ。

「花って、その、キスマークのことですよね。まさかこんなときに」

サヤがレオンを見上げれば。シルクのキャミソールの細い肩紐《かたひも》をそっとよけてサヤの体を見つめていた。

「れ、レオン陛下？　あの、キスマークはダメですよ」

焦るサヤの声を無視し、レオンはじーっと彼女の肩から背中、そして露わになっている腕や足にも視線を向けた。

「青あざがいくつもあるが、どういうことだ？」

「え？　ああ、これですか？」

サヤは気まずそうな表情を浮かべると、渋々といったように言葉を続けた。

「この肩の青あざは、先週落馬したときに地面に打ちつけてできたもので」

「は？　落馬？」

ひどく驚いたレオンの声にサヤはぴくりと肩を揺らすが、こらえるように息をひとつつき、再び口を開く。

「それと腕の切り傷は、剣の扱い方を教えてもらったときに私の不注意でちょっとかすってしまって。あ、あ、そんな怖い顔をしないでくださいね。レオン陛下が気を悪くしないように女性騎士の方に教わっていますので」

表情を硬くしたレオンをなだめるように、サヤは早口で話し続ける。そしてレオンが口を挟む間を作らないように急いでキャミソールの裾を手で引き上げると、青から黄色に変色しつつある五センチほどのあざを指さした。

「これは一週間ほど前、王家の森の川で潜水の訓練を受けていたときに岩場に足をぶつけてしまって。かなり痛くて溺れそうになったんですけど、自力で向こう岸までたどり着くことができました」

どうです？　偉いでしょう？　とでも聞こえてきそうなほど自慢げな表情を浮かべているサヤに、レオンはわなわなと体を震わせた。

「だ、誰がそんなことをしろって言った？　よく見れば、イザベラほどじゃないにしても体のあちこちにかすり傷もあるじゃないか。こんなことなら結婚式まで待たずに毎晩お前を抱いて、隅々まで体を確認しておくんだった」

「え、抱く？」

「そうだ。今日の結婚式までどれだけ俺が我慢していたか。いや、それはもういい。今日でそんな苦行から解放されるんだからな」

一瞬、レオンの表情が緩んだ。いよいよ今夜から寝床を共にできることを思い出せば、怒りもやや収まる。しかし、やはりサヤの行動には納得できず、改めて厳しい表情を作り、彼女を見つめた。

するとサヤはおずおずとレオンの背中に手を回し、抱きしめた。

「この傷は、この先なにがあってもレオン陛下のお力になれるよう努力している証です。イザベラに言われたのです。強くなることが、レオン陛下の支えになると。レオン陛下ひとりがこの国を守るのではなく、私もファウル王国とレオン陛下を守るのです」

レオンに反対されても、これからも馬に乗り、剣を振る。川で泳ぐし、ついでに木にも登るつもりだ。

「あ、もちろん陛下のために、刺繍の腕も上げていきますね」

顔を上げフフッと笑うサヤのとびきりかわいい表情に、レオンの体から力が抜けた。

昨日無事に終えた即位式の準備が忙しく、ここ最近サヤと顔を合わせる時間をなかなか取れなかった。サヤはサヤで結婚式の準備は任せてとばかりにせわしない日々を送っていた。

その合間にまさか騎士団と共に訓練に励んでいたとは。

今日も朝からイザベラのために王家の森に行っていたこともそうだが、予想の斜め上をいくサヤにレオンは驚かされてばかりだ。ハラハラさせられ、心配することも多いが、自分のために訓練に励むと聞けば心地よい感情も湧いてくる。

「くっ……くくっ。俺は幸せ者だな」

突然、レオンは体を震わせ、笑い声をあげた。しがみつくサヤをそっと引き離すと膝を曲げ、視線を合わせた。

「王妃殿下自ら体に傷を作ってまで国を守ってくれるんだ。本当に、心強い」

「そ、そうなんです。傷のひとつやふたつ、へっちゃらなんです」

「こら、調子に乗るな」

軽く飛び跳ねたサヤの頭を、レオンは軽くこづいた。

「ひとつやふたつの傷じゃないだろう？　油断するといつか大けがをするぞ」

「はい……気をつけます」

しゅんとするサヤに、レオンは苦笑した。

「とりあえず、この傷は、俺が上書きしておく」

レオンはサヤを抱き寄せると、肩の青あざに唇を落とした。

「……っ。痛いです、レオン、ダメですキスマークは」

サヤは身をよじってレオンのキスから逃げようとするが、レオンはそれを許さない。

「青あざより、キスマークのほうがましだろう？」

クスクス笑い、音を立てながらレオンがキスを続けていると、ドアをノックする音が部屋に響いた。

「三分経ちましたので、大急ぎでサヤ様の準備を始めますよ」

部屋の外に控えていたメリーや侍女たちが、躊躇なく部屋に入ってきた。

どの顔も、レオンがサヤの肩に顔を埋めているのを見て『あーあ、予想を裏切らない男だな』と呆れた表情を浮かべている。

「レオン陛下、サヤ様を溺愛されているのは承知しておりますが、邪魔です。今以上のとびきり美しい王妃殿下に仕上げますから、とっとと部屋から出ていってくださいませ。さ、着替えを終えていただいて、化粧に取りかかりましょう。ドレスを早くお持ちして」

メリーの指示に従い、侍女たちがてきぱきと仕事に取りかかる。その手際のよい動きにレオンが目を瞠っていると。

「さ、国王陛下になったんですから、わがままなど言わず、外で待ちましょうか」

「な、なにを……」

レオンはいつの間にかやってきたジークによって部屋の外に連れ出された。

もう少しサヤの顔を見ていたかったというのに、目の前でバタンと扉が閉められ、がっくりと肩を落とした。

王宮内の神殿で結婚式を終えたレオンとサヤは、婚約から九カ月を経て、ようやく夫婦となった。神官から正式に夫婦であると認められたとき、ふたりは顔を見合わせ、極上の笑みを浮かべた。

そしてこの日をもって、サヤはファウル王国の王妃となった。

秋の日差しが王城内にたっぷりと差し込み、サヤとレオンを照らしているが、サヤの美しさは格別で、周囲からの視線をひとり占めしている。

ピンクブロンドの髪は高い位置で結い上げられ、王家に伝わるティアラのダイヤがキラキラ輝いている。薄化粧をほどこしただけだというのに、その顔は生き生きとつやめき、レオンの隣でいっそう艶やかさを増している。婚約して以来、サヤはどんどんキレイになり、体も女性らしく変化した。

上質のシルクとレースがふんだんに使われたウェディングドレスは、バックリボンが目を引くかわいらしいデザインだが、婚約直後に採寸したときよりも胸や腰が丸みを帯びた体に合わせるかのように印象を変化させ、大人の雰囲気を醸し出していた。

もともと立ち姿がキレイなサヤは、ドレスの華やかさに負けることなく自らの魅力を存分に見せつけている。

けれど、レオンの凛々しい白い軍服姿に目が釘付《くぎづ》けのサヤは周囲からの注目にまったく気がつかず、ひたすらレオンばかりを見つめている。

「サヤ王妃殿下？　お疲れではございませんか？」

神殿から城に戻ってきたレオンとサヤは、休む間もなくバルコニーに立ち国民たちに手を振るのだが、メリーはサヤの体調を気遣い、レモネードを手渡した。

「ありがとう。少し疲れたけど大丈夫よ。最近、騎士団のみんなと訓練に励んでいたから体力がついたのかも。来週からは武道の練習にも誘われていてね、楽しみなの」

明るくそう言ってレモネードをひと口飲んだサヤを、レオンが渋い表情で軽く睨む。

「あ、ごめんなさい。調子には乗りません。ほどほどにしておきます」

レオンの厳しい表情にめげることなく朗らかに笑うサヤの肩をレオンは抱き寄せた。

メリーが慌ててサヤの手からグラスを取り上げる。

「それだけ体力がついたなら、俺が新しいことを教えてもついてこれるな？」

レオンがサヤにだけ聞こえるような小さな声で、ささやいた。

サヤの体は、その甘い吐息にぴくりと震えた。

「だ、大丈夫です。陛下から教えてもらえるなら、いっそう精進してついていきます」

レオンからいったいなにを教えてもらえるのだろうかと、サヤはワクワクしながら答える。

「ん？　そうか」

サヤの肩に置かれているレオンの指先が、意味ありげにすっと彼女の腕を撫でた。

「今夜、どれだけサヤに体力がついたのか、ベッドの中で確認するから。そうだな、サヤが今まで知らなかった楽しい世界にご招待ってことだ」

「え？　楽しい世界？」

ニヤリと笑ったレオンが口にした言葉に、サヤは首をかしげた。そして、相変わらずサヤの体を探るように動くレオンの指の動きに反応しているうちに、その意味に気づいた。

「べ、別にそのために体力をつけていたわけじゃ……」

サヤは口ごもりながらそう言うと、これまで以上に体が熱くなるのを感じた。もちろん、レオンだけでなくサヤも、初めて共に過ごす夜を楽しみにしているのだが、意味深にその思いをレオンから伝えられ、照れくさくてどうしようもない。

その顔だけでなくウェディングドレスから露出している腕や鎖骨が真っ赤になり、レオンは満足げに息を吐き出した。

「まずはサヤを慕う国民たちに挨拶だな。この歓声を聞いてみろ、きっとこれまでの国王夫妻の結婚式よりもたくさんの国民が集まってくれているはずだ」

王宮広場から、地鳴りのような歓声が届く。レオンとサヤの名前を呼ぶ声や、ふたりの結婚を祝う歌や楽器の音色も絶えず聞こえてくる。

「王宮広場を埋め尽くすどころか地平線の向こうまで国民たちが集まっています」

バルコニーのそばに立つジークが、感心したようにつぶやいた。

「サヤの人気はかなりのものだからな。サヤを幸せにしないと、俺は国王失格の烙印《らくいん》を押されそうだな」

冗談交じりにつぶやくレオンだが、その声は真剣だ。

国民から愛され慕われていたサヤがいよいよ結婚するのだ。こんなめでたいことはないと、まるで国中からすべての国民が集まったような騒ぎになっている。

「素敵なレオン陛下をひと目見たいとワクワクしている女性たちもかなりいるはずですよ」

レオンの腕に手を置き、サヤはからかうように見上げた。

「私はそんな女性の代表です。レオン陛下にときめいて、いつまでも見ていたくてたまらないのです。結婚式の最中も、陛下のことが気になってチラチラと何度も見てしまいました」

サヤはフフッと柔らかく笑った。結婚式を終え、正式に王妃となった喜びと自信から か、不安な様子はひとかけらもない。

「だったら、俺はサヤを見ていたくてたまらない男性の代表だ。一生サヤを愛し、守り抜くと誓うぞ」

決して小さくはない声で宣言したレオンを、前国王夫妻、サヤの両親、そしてジークやメリーを始めとする使用人たちの誰もが見つめた。

けれどレオンは、周囲の目に照れることなく言葉を続ける。

「サヤはようやく手に入れることができた俺の宝だ。この宝を愛すれば愛するほど国民から好かれるのなら、俺はこれから、どれほど国民たちから慕われるんだろうな」

「陛下……」

「歴代の国王の中で一番の賢王として名を残せるように、存分にサヤを愛する。サヤは体力をつけて、俺の愛に応えてくれ。それが王妃としての第一の仕事だ」

その言葉の意味はもちろん、周囲を気にすることのないレオンの大きな声に、その場は一瞬、静まり返った。

レオンがサヤを溺愛しているのは周知の事実だとはいえ、まさかこの場でサヤを宝だと口にするとは……当然と言えば当然の、うれしい驚きだ。

そして、この場の雰囲気に気づかないサヤが、レオンに寄り添い「私も愛しています」と、まるでここにはふたり以外いないかのようにつぶやいた。

それを聞いた前国王は「我々より面倒くさい夫婦になりそうだな」と前王妃の肩を抱き苦笑し、周囲もそれに同意するように大きくうなずいた。

そのとき、バルコニーの向こうから花火が上がり、大きな歓声が聞こえた。

花火は、国王夫妻がバルコニーに立つ合図だ。

「そろそろこの甘すぎる時間を中断して、おふたりは早くバルコニーに出てください。国民たちが待ちくたびれて騒ぎになるといけませんからね」

ジークがレオンとサヤをそっとバルコニーに押し出した。

「甘すぎる時間……」

サヤはハッと我に返り顔を赤らめたが、レオンはその顔を見て『かわいいなあ』と声には出さずにっこりと笑った。

「さ、俺たちの幸せを見せつけるぞ」

レオンはサヤの背中に手を置き、バルコニーに向かった。サヤも共に歩きだす。

ふたりがバルコニーに姿を現した途端、あふれんばかりの歓声があがった。

大国ファウル王国の新しい国王と王妃が並べば、その華やかさと美しさだけでなく、ふたりの幸せそうな様子から目が離せなくなる。

新国王夫妻が手を振るのに合わせて、国民たちは喜びと祝いの言葉を口にし、この先長く続くであろうファウル王国の平和で穏やかな時間を確信した。


そして……その確信が裏切られることのない長い月日の中で、レオンはサヤひとりを愛し、ふたりは子どもたちと共に幸せな日々を過ごした。

END

あとがき

こんにちは。惣領莉沙です。

『王太子の揺るぎなき独占愛』をお手にとっていただき、ありがとうございます。

こうして書籍化の機会をいただけるのも、読者様の後押しのおかげです。お伝えする機会があまりないのが心苦しいですが、感謝しています。

ファンタジー二作目となる今作ですが、エンドマークにたどり着くまで、とても楽しく書くことができました。

愛してやまないサヤと結婚するために陰で画策する一途なレオン。そしてレオンにふさわしい自分になろうと努力を惜しまないサヤ。とても愛しいふたりになりました。甘いことばかりでなく、サヤには苦しいこともちろんあるのですが、それもレオンの怒涛の愛情によって乗り越えていきます。

レオンはこれまでの作品の中で、一番の策士であり一番甘い言葉を口にするヒーローになりましたが、本編ではその甘さが書ききれず、物足りなかったので、特別書き下ろし番外編ではレオンの本領発揮といいますか、甘さ無限大の姿を紹介しております。よければ、こちらもお楽しみくださいませ。

ファンタジーということで、書き始める前は気負ってしまい難しく考えてしまうこともあったのですが、『溺愛とときめき』はどの作品にも共通することだなと気づいてからは、ワクワクしながら進めることができました。

忙しい毎日の気分転換や、現実を離れて気持ちを新たにしたいときに役立つ作品になればいいなと思います。私にも大切にしている本があり、いつも助けられています。

さて、今回新しいご縁をいただきました担当の中尾さん。遅筆な私がやる気になるお言葉をいくつもくださり、ありがとうございました。ヨダさんからも、今回もかなり鋭いご指摘をいただき、学ばせていただきました。

そして、互いの独占欲と愛情を隠すことのないステキなサヤとレオンを描いてくださった緒花さん、ありがとうございました。

最後になりますが、携わってくださった皆様、そして何より読者様、これからも、よろしくお願いいたします。このご縁が末長く続きますよう、いっそう精進いたします。

惣領《そうりょう》莉《り》沙《さ》

惣領莉沙先生への
ファンレターのあて先

〒104-0031
東京都中央区京橋1-3-1
八重洲口大栄ビル7F
スターツ出版株式会社　書籍編集部　気付

惣領莉沙先生

本書へのご意見をお聞かせください

お買い上げいただき、ありがとうございます。
今後の編集の参考にさせていただきますので、
アンケートにお答えいただければ幸いです。

下記URLまたはQRコードから
アンケートページへお入りください。
http://www.berrys-cafe.jp/static/etc/bb

王太子の揺るぎなき独占愛

2018年6月10日　初版第1刷発行

著　者　惣領莉沙
©Risa Soryo 2018

発行人　松島 滋

デザイン　hive & co.,ltd.

D T P　久保田祐子

校　正　株式会社 文字工房燦光

編集協力　ヨダヒロコ（六識）

編　集　中尾友子

発行所　スターツ出版株式会社
〒104-0031
東京都中央区京橋1-3-1　八重洲口大栄ビル7F
TEL　販売部　03-6202-0386（ご注文等に関するお問い合わせ）
URL　http://starts-pub.jp/

印刷所　大日本印刷株式会社

Printed in Japan

乱丁・落丁などの不良品はお取替えいたします。
上記販売部までお問い合わせください。
定価はカバーに記載されています。

ISBN 978-4-8137-0475-1　C0193

『ワケあって本日より、住み込みで花嫁修業することになりました。』

田崎《たさき》くるみ・著

OLのすみれは幼なじみで副社長の謙信に片想い中。ある日、突然の縁談が来たと思ったら…相手はなんと謙信！　急なことに戸惑う中、同居＆花嫁修業することに。度々甘く迫ってくる彼に、想いはますます募っていく。けれど、この婚約にはある隠された事情があって…？

ISBN978-4-8137-0472-0／定価：本体640円＋税

ベリーズ文庫
2018年6月発売

書店店頭にご希望の本がない場合は、
書店にてご注文いただけます。

『極上スイートオフィス 御曹司の独占愛』

砂原雑音《すなはらのいず》・著

菓子メーカー勤務の真帆は仕事一筋。そこへ容姿端麗のエリート御曹司・朝比奈が上司としてやってくる。以前から朝比奈に恋心を抱いていた真帆だが、ワケあって彼とは気まずい関係。それなのに朝比奈は甘い言葉と態度で急接近。「君以外はいらない」と抱きしめてきて…!?

ISBN978-4-8137-0473-7／定価：本体640円＋税

『イジワル外科医の熱愛ロマンス』

水守恵蓮《みずもりえれん》・著

雫が医療秘書を務める心臓外科医局に新任ドクターの祐がやってきた。彼は大病院のイケメン御曹司で、形ばかりの元婚約者。祐は雫から婚約解消したことが気に入らず、「俺に惚れ込ませてやる、覚悟しろ」と宣言。キスをしたり抱きしめたりと甘すぎる復讐が始まり…!?

ISBN978-4-8137-0469-0／定価：本体640円＋税

『軍人皇帝の幼妻育成～貴方色に染められて～』

桃城猫緒《ももしろねこお》・著

王女・シーラは、ある日突然、強国の皇帝・アドルフと結婚することに。ワケあって山奥の教会で育てられたシーラは年齢以上に幼い。そんな純真無垢な彼女を娶ったアドルフは、妻への教育を開始！　大人の女性へと変貌する幼妻と独占欲強めな軍人皇帝の新婚物語。

ISBN978-4-8137-0474-4／定価：本体650円＋税

『クールな副社長の甘やかな求婚』

木村咲《きむらさき》・著

花屋で働く女子・四葉は突然、会社の上司でエリート副社長の涼から告白される。「この恋は秘密な」とクールな表情を崩さない涼だったが、ある出来事を境に、四葉は独占欲たっぷりに迫られるように。しかしある日、涼の隣で仲良くする美人同僚に出会ってしまい…!?

ISBN978-4-8137-0470-6／定価：本体640円+税

『王太子の揺るぎなき独占愛』

惣領莉沙《そうりょうりさ》・著

王太子レオンに憧れを抱いてきた分家の娘サヤはある日突然王妃に選ばれる。「王妃はサヤ以外に考えられない」と国王に直談判、愛しさを隠さないレオン。「ダンスもキスも、それ以外も。俺が全部教えてやる」と寵愛が止まらない。しかしレオンに命の危険が迫り…!?

ISBN978-4-8137-0475-1／定価：本体640円＋税

『結論、保護欲高めの社長は甘い狼である。』

葉月《はづき》りゅう・著

商品開発をしている綺代は、白衣に眼鏡で実験好きな、いわゆるリケジョ。周囲の結婚ラッシュに焦り、相談所に入会するも大失敗。帰り道、思い切りぶつかった相手がなんと自社の若きイケメン社長！「付き合ってほしい。君が必要なんだ」といきなり迫られて…!?

ISBN978-4-8137-0471-3／定価：本体640円＋税